JN166688

集英社オレンジ文庫

春燕さん、事件です！

女役人の皇都怪異帖

真堂　樹

本書は書き下ろしです。

春燕さん、事件です！　女役人の皇都怪異帖 ―― もくじ

許子游◆きょしゅう

国士監（国の官僚学校）の学生だが、立身出世に興味がなく、怪異・猟奇事件が大好物という変わり者。下町の食堂で食い逃げを疑われているところを春燕に捕らえられる。

王春燕◆おうしゅんえん

皇都・承天府に勤める二十五歳の女吏。人には隠すある力で幽鬼が見えるため、怪異調査を担当することが多い。生真面目で仕事に一途な性分だが、実は艶情《れんあい》小説が好きという一面も。

春燕さん、事件です！

女役人の皇都怪異帖

登場人物・用語解説

玉梅◆ぎょくばい

春燕の同僚。男装必須の女吏だが女子力が高く愛想もよい。ちゃっかりとした性格。

江女吏頭◆こうじょりとう

春燕の上司。目立たず押しも弱いが仕事ぶりは堅実で、春燕は彼女を尊敬している。

秀海波◆しゅうかいは

承天府に新しく推官として赴任してきた官僚。たいへんな美形で、子游とは古い友人。

老司馬◆ろうしば

承天府の低級官僚で春燕たち女吏の上役。典型的な事なかれ主義で、女吏を軽んじる。

牛捕頭・馬捕役◆ぎゅうほとう ばほやく

承天府に勤める下級警官。ゴロツキあがりでガラが悪く、春燕たちを常に見下してくる。

女吏
（じょり）

京師の市中で起きる揉め事や怪事を捜査するために置かれている女役人。仕事中は男装する規則があり化粧禁止、十年間の任期中は結婚も禁止されている。

承天府
（しょうてんふ）

大永国の国都・承京を含む近隣五州を治める官府。女吏たちはここに所属し、担当街坊の治安を守る仕事をしている。

イラスト／シライシユウコ

春燕《しゅんえん》さん、
事件です！
女役人の皇都怪異帖

一

人気茶荘《ちゃそう》を幽鬼《ゆうき》が脅《おびや》かすこと

一

十二月《臘月》の京師《みやこ》はとびきり賑わう。
北の金台坊《きんだいぼう》から南の宣南坊《せんなんぼう》まで、繁華な道に買い物客が押しかける。
「安いよ、安いよ、買わなきゃ損だよ！」
「旦那《だんな》さん、寄っていきな。京師で一番お買い得だ」
〝大売り出し〟だの〝値引き〟だのの看板や、色鮮やかな幟旗《のぼりばた》が人目を惹《ひ》く。
呼び込み係が声を張り上げる路地に、ぷぅんと旨《うま》そうな匂いが立ち込める。
ふかふかの饅頭《マントウ》、青菜の炒《いた》め物。
辛味を利かせたスープに、肉入り麵《めん》。
鉄網で焼かれる羊串《ひつじぐし》から脂《あぶら》がこぼれてパチパチ爆《は》ぜている。
山査子飴《さんざしあめ》の眩《まぶ》しい鮮紅色に目をほそめつつ、春燕《しゅんえん》はたと立ちどまった。
……風雲酒楼《ふううんしゅろう》の包子《パオズ》か、それとも安泰記《あんたいき》の炒飯《チャーハン》か。どっちにしよう?
昼食は疎《おろそ》かにできない楽しみだ。納得できる選択をしたい。
常連客に叉焼《チャーシュー》の切れ端をおまけしてくれる安泰記も捨てがたいけれど、風雲酒楼なら食後に桂花茶《けいかちゃ》がつく。

迷うあいだに「グゥ」とお腹《なか》が鳴る。

空腹だ。明け方に粥《かゆ》を食べてから、飲まず食わず休まずだ。

よし、と決めて歩きだしたところに声をかけられる。

「おや、春燕さん。今日はどんな揉め事だい？」

もうもうと湯気を立てる饅頭屋台の主《あるじ》は顔見知り。

「こんにちは」と挨拶《あいさつ》しながら「饅頭と羊串を買って交互に頬張《ほおば》るのもいいな」と思いつく。

「斜街《しゃがい》のはずれで兄弟喧嘩《げんか》がありました。無事に仲直りしたのでご心配なく」

「ならよかった。年末はあっちこっちで騒ぎが起きるから、お役人さんは休む暇なしだろ？」

「はい。でも仕事ですから。近所で困りごとがあったら遠慮なく声をかけてください」

頼もしいね、と見送られて坂を下りていく。

冬風に吹かれる役服《やくふく》は男装。

丈長の衣《ころも》に褲子《ズボン》、浅葱色《あさぎいろ》の袖《そで》なし上着。

褐色《かっしょく》の帯をキュッと結わえたところに、帳面と筆記具、身分証の腰牌《ようはい》を下げている。

私物の葫蘆《ころ》も一緒に帯に吊している。瓢箪《ひょうたん》を細工した小さな薬入れだ。

王《おう》春燕は女吏《じょり》、つまり女役人。

京師周辺を治める承天府《しょうてんふ》に勤めて三年目である。

女吏の仕事は、市中で起きる揉め事や怪事《かいじ》の解決。担当の街坊《がいぼう》に目を配り、騒動のタネを見つけては摘み取る。

役服できびきび働くので、初めて出会う相手はたいてい春燕を〝小柄な男〟か、もしくは少年だろうと思い込む。

たまにしか手入れしない凛《りん》とした形の眉。

生真面目に結んだ血色のよいくちびる。

異変はないか絶えず気配りするので、栗《くり》色の瞳をぱっちり瞠《みは》るクセがついている。

寒いなかを駆けどおしで頬は薄紅《うすべに》。男結いにした髪が少しこぼれて、顔の脇に軽やかに弾む。

早朝、詰所《つめしょ》に出たとたん「喧嘩だ、来てくれ！」と呼び立てられた。

駆けつけると酒店の兄弟が取っ組み合っていた。

家族と一緒になって二人を引き離し、双方の言い分を聞いて帳面に記録し、集まる親類の訴えまで丁寧に聞き取って……。

そうこうするうちに「兄貴を殺して俺も死ぬ！」と興奮していた弟が、シュンとうなだれた。八十歳になる界隈《かいわい》の長老が杖をついてあらわれるころには、すっかり後悔した顔になり、

『ついカッとなっちまった。兄貴、悪かった』

『いや、俺のほうこそすまない。つい手が出て』

仲直りできたのは正午をとっくに過ぎたころ。

春燕は「ふう」と溜息をついて、同僚の忠告を思い出す。

〝ダメですねぇ、春燕さん。いくら仕事熱心でも、公私の別っていうのはちゃんとつけなくちゃ。でないと夢中で走りまわってハッと気がついたらお婆《ばあ》ちゃんですよ？〟

……とはいっても、ついつい。

騒動となると見過ごせず、食事も休みも放ったらかしで働いてしまう。おかげで楽しみの昼食もしょっちゅう食いっぱぐれている。「つい」と言い訳するのでは酒店の兄弟と同じだわと、お腹を押さえて反省する。

今日こそ好物にありつこうと決めて通りを行くと、向こうから大男がやって来る。

髭面《ひげづら》で汚れた身なりだ。肩を怒らせ、腕を広げて威張って歩くので、皆が怖《おそ》れて避けている。

一目見て春燕は「質《たち》が悪そうだな」と察知する。様子を見ながら近づくと、

「おう！　ガキめ、どこに目ぇつけて歩いてやがる！」

てっきり少年だと思ったのだろう。すれ違いざま狙いをつけて、ドン！　と体当たりしてきた。

春燕はパッとかわして相手を仰ぐ。

赤ら顔ではないし酒の匂いもしない。

……素面《しらふ》だわ。

役服を見ても女吏だと気づかないところを見ると、京師へ出てきて間もないよそ者に違いない。

胸を張ってきっぱり告げた。

「承天府南城班《なんじようはん》の王女吏です。あなた、道の真ん中をまっすぐ来たのに、急にふらつきましたね。足もとが覚束《おぼつか》ないのは、もしかすると病《やまい》のせいかもしれません。この先にお医者があります。脳と目に詳しいお医者様です」

ご案内しますと言うと「しまった、役人か？」と慌《あわ》てて逃げだした。

すかさず帳面を開いて「斜街下、老三布店《ろうさんぬのてん》前、無頼漢《ぶらいかん》アリ」と書きつける。あとで兵部《へいぶ》の詰所に報告しなければ。

筆をしまうと同時に、グウウ！　とお腹が悲鳴を上げた。

「もう限界！」

ここからなら包子の風雲酒楼より安泰記のほうが近い。決めた。炒飯にしよう。奮発して大盛りだ。

駆けだすところに騒ぎの声がした。

「この野郎、待て！」

くらりと目眩《めまい》を覚える春燕である。

三日に一度はこの調子だ。次から次へと騒ぎが起きて足を休める暇もない。日がな一日駆けどおしでクタクタになり、寝床に潜るころにはそれこそ二、三歳も年を取った気分になるのだ。

……ああ、でも、放っておけない！

界隈は南城でもとりわけ賑わう張家胡同《ちょうけよこちょう》。日々の揉め事の大半はここで起きると言っても過言ではない。耳を澄ますと「待て」だの「逃がさないぞ」だのと叫んでいるのは知った声だ。

「風雲酒楼のご主人？」

駆けつけると、禿《は》げ頭の酒楼主人が店のまえに仁王《におう》立ちで、顔を真っ赤にして怒っていた。

「どうしました？」

「やあ、王女吏！　いいところに来てくれた。このとおり食い逃げだ！」

店頭に男が一人、情けなく尻もちをついている。

風雲酒楼の売りは〝昼の包子〟と〝夜の講談〟。

日中、店のまえに直径三尺《一メートル》の大鉄板を出して、みっちり並べた包子をジュウジュウと焼き上げる。生姜《しょうが》の利いた肉餡《にくあん》包子を蒸籠《せいろう》で蒸してから、鉄板でカリカリに仕上げるのだ。香ばしい胡麻油の匂いが堪《たま》らない。

小ぶりのわりに値は張るが、二つ買うと桂花茶を飲ませるので、昼時の買い物客に飛ぶように売れる。「素通りできるヤツはない」が酒楼主人の自慢だ。

……この時間だと、そろそろ売り切れのはず。

見ると案の定、鉄板の上の包子はあと三つ。

尻もち男が目をぱちくりさせている。

酒楼主人がカッと恫喝《どうかつ》する。

「この野郎、おかしなもんを目にくっつけやがって！　馬鹿《ばか》にしてるのかっ」

ブンッと拳《こぶし》を振り上げるのを春燕は慌ててとめた。

「靉靆《あいたい》です。眼鏡ともいいます。ああして目につけると、ものがよく見えるようになるんです」

目薬のような働きをする道具です、と教えると、尻もち男が「おや」と意外そうな顔をした。

男は、巷《ちまた》では見かけない眼鏡をかけている。

「食い逃げ犯は、この人ですか？」

「そうだ。ちょっと店に入った隙《すき》に六つも盗みやがった。ごまかそうったって、そうはいかない。包子を売って十五年、数え間違えたことなんぞ一度もないんだ」

この野郎！　ともう一度脅《おど》すと、男が「ひゃあ」と首をすくめた。

まだ若い。二十代半《なか》ばほどか。自分とさして違わないのではないかと春燕は思う。

細面《ほそおもて》で鼻筋が通っている。

眼鏡のせいもあってか、どこかとぼけた表情だ。

髪はぼさぼさ。髷《まげ》が緩んで鬢《びん》にもうなじにも後《おく》れ毛《げ》がだらしなくそよいでいる。どうやら猫っ毛らしい。石畳《いしだたみ》に落ちた帽子は皺《しわ》だらけだ。

手脚《てあし》がひょろと長く、立ち上がったら背が高そう。

服装はひどい有様としか言いようがない。

ぞろりと長い上着を羽織っているが、袖口は汚れ、裾《すそ》はほつれ、あちこちに継ぎ当てがしてあって、ここまでみすぼらしい服は安値の古着屋でもなかなか見ない。

……物乞いかしら？

そう思いかけ、はだけた上着のなかを見て「あ」と春燕は目を瞠った。

薄青《うすあお》の衣を着ている。官学生《かんがくせい》の制服だ。最高学府国子監《こくしかん》の学生に違いない。

しかし、にしては、この風采《ふうさい》の上がらない様子はどうだろう。

〝秀才様《しゅうさい》〟と敬《うやま》って呼ばれる官学生は、官僚登用試験の受験資格を得た優等生。国政を担《にな》う高級官僚の予備軍なので、若者であれば颯爽《さっそう》と薄青色の袖を翻《ひるがえ》し、鼻先を天に向けて歩むのが普通である。

なのに目のまえの尻もち男といえば、まるで捨てられた老犬のような見てくれだ。食い逃げで捕まったというのに、さして悪びれたそぶりもなく、どこか飄々《ひょうひょう》としているのも解《げ》せない。

のんびり転んでいるのへ、春燕は用心深く問う。

「盗みを働いたというのは事実ですか？」

男が眼鏡越しにこちらを仰ぎ見た。

怯《おび》える色はない。むしろ興味津々《しんしん》のまなざしだ。

「あなたは女吏ですね？」

「はい、王春燕といいます」

「京師に暮らしてだいぶ経《た》ちますが、女役人の取り調べを受けるのは初めてです。僕は許《きょ》子游《しゆう》というもので、ご覧のとおり学生です。といっても、まあ、成績が振るわず退学寸前なんですが。〝盗みを働きましたか？〟というご質問に正直にお答えすれば〝いいえ〟です」

おっとり答えて「よいしょ」と立ち上がった。

やはり背が高い。いささか猫背だが、それでもこちらより頭一つぶんは高そうだ。

春燕は顎《あご》を上げて目をしばたたく。

……変わった人。

眼鏡の水晶板がキラリと陽射《ひざ》しを弾いて、軽く目眩《めくら》ましを食らった気分になる。

許子游は左右の手に一つずつ包子をつかんでいる。焼きたてだから熱いだろうに、むんずとわしづかみだ。

見ると、足もとに銅銭が散らばっている。ざっと数えて包子六つぶんほどの銭。

「あとの四つはどうしました？」

「食べました」

「四つとも、ですか?」

「大食いなんです。僕」

けろりと答える子游の向こう。道の角から、こちらをうかがうものがある。子供が二人、菓子舗《かしほ》の看板に隠れて包子をむしゃむしゃ食いながら、心配そうに見つめていた。

胡同《こどう》に住み着く兄妹《きょうだい》だわ、と春燕は気づく。

買い物客を狙って掏摸《すり》をやったり、店の売り物をかすめたりするので〝搔《か》っ払《ぱら》い兄妹〟と綽名《あだな》されている。先日も露店から油条《揚げパン》をくすねて、ひどく叩かれたと聞いた。

許子游は兄妹に知らんぷり。

……もしかして、庇《かば》ってる?

包子をくすねた彼らの代わりにすすんで捕まったのではないかと、春燕は疑った。

長い鉄箸《かなばし》を帯に挿す風雲酒楼主人は、短気で有名で、しかも胡同の顔役だ。

「こいつをどうしてくれる!　なあ、王女吏!」

怒りに染まる主人の顔と、のんびり顔の食い逃げ学生を見比べて考えた。

落ちている銭を拾って「支払いはすんでいるようです」と告げることはできるが、それでは主人に恥をかかせてしまう。酒楼まえには人だかりができている。主人の気性からして簡単には引き下がらず「役所へ訴える」と言いだすに違いない。

……揉め事をうまく収めるコツは、怒ったものの面子《メンツ》を潰《つぶ》さないこと。

酒楼主人が許子游をギロリと睨《にら》んで、制服に気がついた。

「んん？　貴様、まさか学生か？　いや、学生様がこんな不届き者のはずはない。さては偽者だな。よくも！」

襟首《えり》を乱暴につかもうとするのを遮《さえぎ》り、春燕は心のなかで「ちょっとごめんなさい」と謝った。

「えいっ」

子游の腕を締め上げる。

「うわぁ、いたたたっ」

「往来の邪魔になるので詳しい話は詰所でうかがいます。ご主人、縄を貸してもらえますか？」

「おう！　縛り上げて、嫌ってほど杖《じょう》で打ってくれ！」

子游と自分の腕をすばやく結びつけ「取り調べの結果はのちほどお知らせします」と言って酒楼をあとにした。

人目《ひとめ》のない場所までグイグイ引っ張っていく。

「あのぅ、僕は無実なんですが……」

「とにかく詰所まで来てください。あの場で調べると事がこじれて、たぶんあなたのためにもなりません」

「しかし、証拠と証人は店に……」

「とにかく早く、さあ」

急ぎ足で胡同を出たところで「グウゥゥ」と盛大に胃袋が鳴く。

……黙って、わたしのお腹！

慌てて押さえると、許子游が縛られていない片手を持ち上げた。

包子をつかんでいる。

ぷぅん、と旨そうな匂いが鼻先をかすめる。

「お一ついかがです？」

ニッコリ笑顔ですすめられるが、食い逃げ事件の物証にかぶりつけるわけがない。

困った状況だというのに、いったいどういうつもりかしら？　と子游を睨み、胡麻油の香ばしさを恨むところに、パタパタ足音が聞こえてきた。

「春燕さん。春燕さぁん！」

ハッと振り向くと、同僚女史の玉梅《ぎょくばい》だ。

「どうしたの？　玉梅」

「事件ですよぅ、春燕さん！　葉大人《ようたいじん》のお屋敷に幽鬼《ゆうき》が出るんですって！」

二

百万の民が集《つど》う国都《こくと》の名を承京《しょうけい》という。

春燕が暮らし働く、大永国《だいえいこく》の京師だ。

建国約百年の大永国は、国情おおむね平穏と言える。国境に異民族との目立つ戦《いくさ》もなく、近年はひどい洪水や旱魃《かんばつ》も起きず。国全体が順調に栄えて久しい。

現在の皇帝はまだ二十代と若いが、古参の大臣と官僚が政《まつりごと》を支えて、政治上の争いも表立っては聞かれない。

とはいえ、百万都市に日々の騒動がないわけはない。

盗みや詐欺《さぎ》、火付け。悪人どもが引き起こす数多《あまた》の犯罪がある。

庶民《しょみん》同士の揉め事も次々起きる。身分や貧しさのために苦しむものもある。

女は男の下に置かれて悩み、弱者が強者に虐《しいた》げられている。

巷に生《しょう》じる大小の事件は数知れず。そのために今日も春燕は昼食にありつく暇さえなくすのだ。

パタパタ駆けてきた玉梅が、上気した頬を輝かせて言った。

「幽鬼が出るんですって！　春燕さん向きの事件ですよぉ」

大声で知らせる同僚を、春燕は慌ててたしなめた。

「シッ、玉梅。声を落とさなきゃ」

人に聞かれたら大変よと叱って、すばやくあたりを見まわす。

幸い周囲に人気《ひとけ》はない。許子游が包子をもぐもぐやりつつ「幽鬼ですって？」と身を乗りだすだけだ。

玉梅が目ざとく彼を見た。

「この人、誰です？　春燕さん」

「いましがた風雲酒楼で包子が盗まれる事件があったの。その容疑者よ」

「ふぅん。制服姿の殿方なのに容疑者だなんて残念。にしても〝秀才様〟を縛っちゃうなんて、いかにも春燕さんですね」

クスッと笑う同僚は、目尻にほんのり紅《べに》を差している。仕事中は〝扮飾を禁ず《化粧禁止》〟だが、素顔の春燕と違って日ごろの身繕《みづくろ》いを忘れない。

食い逃げ学生に微笑《ほほえ》む玉梅に、春燕はてきぱきと訊《たず》ねる。

「葉大人っておっしゃるのは、どちらのかた？　南城に葉家《ようけ》のお屋敷があったかしら？」

「じゃなくて、北城《ほくじょう》にお住まいの葉様ですよ」

「北城なら別班の担当だわ。南城班のわたしたちが勝手に出しゃばると、あとで問題になりかねない……」

「だけど幽鬼に悩まされて、わざわざ鬼女吏《きじょり》を訪ねてきたんです」

「わたしを？」

〝鬼女吏〟と聞いて春燕は目を瞠った。

幽鬼とは、つまり幽霊のことである。

盛んに賑わう京師にも夜の闇《やみ》はある。

例えば皇帝の威光の届かぬ暗い路地、官僚の政の及ばぬ小家《こいえ》の軒下《のきした》、秘密を抱えた貴族の邸宅の隅《すみ》などを、ゆらゆらと亡者が彷徨《さまよ》うことがある。

灯《あか》りに浮かぶ仄《ほの》かな影や、ふいに耳をかすめる恨めしげな声……それは時に見間違いや聞き違えであったり、あるいは過ぎた恐怖の産物だったり。また時には本物の死霊《しりょう》であったりする。

不気味に出没し、しかと目に映らないものを、人は怖れる。恐怖が高《こう》じれば、誰かに告げずにはいられない。

人が密集する京師では、不穏な噂《うわさ》は速く駆け、伝われば伝わるほど膨らんでいく。そうして膨らんだ風説を、世間は〝凶兆《きょうちょう》〟と受け取るのだ。

『怪しい事件が起きている。きっと御上《おかみ》の政が行き届かない証拠だよ』

漠《ばく》とした恐怖は、悪くすると国をも傾ける。

怪事の解決が女史の仕事に含まれるのは、そういう理由だ。民心を惑わさないよう、小さな芽のうちに、それらを手早く摘み取る。

春燕は幾度か幽鬼事件を扱って、同僚のあいだで〝鬼女吏〟と呼ばれている。

……大げさな綽名が役所の外にまで知られたなんて。

困ったわ、と春燕は気にかける。普通では朧《おぼろ》にしか感じられない鬼気《きき》を、はっきりと察知できるのはとある術のおかげ。しかし、そのことは秘密だ。

「詳しく教えてちょうだい」

頼むと玉梅が報告した。

「葉大人は茶館を幾つも持ってるお金持ちです。ほら、府庁近くに長春茶荘《ちょうしゅんちゃそう》があるでしょう？　あそこのご主人だそうですよ。一月《ひとつき》前からお屋敷に幽鬼が出るようになって、困って知り合いに相談したら〝幽鬼事件をたちどころに解決する鬼女吏がいる〟と教えられたそうなんです」

「長春茶荘？　承天府近くの？」

知っているわ、と春燕は目を丸くした。

長春茶荘といえば、京師住まいの娘たちのあいだで評判の茶館である。承天府街からほど近い場所にあって、花模様の窓桟《まどさん》と、優美なこしらえの扁額《へんがく》が目立つ洒落《しゃれ》た店だ。

腕のいい甜品師《てんぴんし》を雇って、彼の仕事ぶりと菓子の出来映えを眺められるように、わざわざ通りに面した店先に厨房《ちゅうぼう》を設けている。天気のいい午後など、着飾った娘らが見物に群れている。

茶荘二階に席を取り、上等の茶と蜜桃酥《みつとうそ》や雪花酥《せっかそ》などの甘い菓子を注文して、道行く人々を見下ろしながら噂話に花を咲かせる……というのが、京師の金持ち娘たちにとっての流行《はや》りの最先端。

承天府と南城のあいだを忙《いそが》しく行き来しながら、春燕もたびたび「いつか、あの席でお茶してみたい」と羨望《せんぼう》のまなざしを向けていた。

「人気茶荘のご主人が幽鬼に悩まされているわけね？」

「そうです。噂になると客足にも響きますからね。急いで相談したいっておっしゃるから連れてきちゃいました。用事があって未の刻《午後二時》には戻らなくちゃいけないそうです」

この先の菜館《さいかん》で待ってます、と玉梅。

葉大人が急いでいると聞いて、春燕は「どうしよう?」と許子游を仰ぎ見る。

詰所へ連れていき〝食い逃げ容疑〟を晴らすつもりでいた。

窃盗犯にされては困るだろうに、子游は自分の立場など忘れたかのように、玉梅の報告に聞き入っている。

目が合うとニッコリ笑顔になる。眼鏡の奥の瞳をさも嬉《うれ》しげに輝かせ、

「早く行ってさし上げましょう。幽鬼を放ってはおけません」

縄で縛った手をクイクイ引いて、そう急《せ》かす。

「僕は怪異の方面を非常に好むんです。興味津々です。ご迷惑にならないよう、おとなしくしていますから、どうぞご心配なく」

悠長きわまりない発言に春燕は呆《あき》れる。

「人が困っているのに〝興味津々〟だなんて不謹慎《ふきんしん》です。それに官学生でいらっしゃるなら〝男子たるもの、些事《さじ》と怪事に関わるべからず〟と、わきまえておられるんじゃないですか?」

「おや、よくご存じですね? さすが女吏どの」

「感心してる場合じゃありません」

諫《いさ》めてみても、子游はヘラヘラと笑っている。

思うに彼は食い逃げ犯ではない。あの場の状況からして、風雲酒楼から包子を盗んだ〝掻っ払い兄妹〟を庇ったに違いない。とすれば、きちんと取り調べて嫌疑を晴らし、日誌に残すべきだ。のちのち酒楼主人が「官学生が食い逃げした」と騒いだ場合、怪異好きと相まって将来を台無しにしかねない。

葉大人を後まわしにはできず、かといって許子游も解放できず。

どうしよう、と春燕は考えて、

「仕方ありません、ご一緒しましょう。ただし許秀才、幽鬼話には首を突っ込まないようお願いします」

駆けつけると葉大人が寂《さび》れた菜館で待っていた。

こちらを見るなり、ガタンと椅子《いす》を立って拱手《きょうしゅ》した。

「あんたが〝鬼女吏〟さんかね？　頼みます、どうか助けてください！」

泣きつかれて春燕は驚いた。

葉大人は四十がらみ。もとは恰幅《かっぷく》がよかったようだが、だいぶやつれて絹服の胴回りが余っている。

普通、女吏に対して礼儀正しくふるまうものは少ない。

金持ちや身分の高い男性では皆無と言っていい。

〝女のくせに男装なぞして役人の真似事をする〟と、たいてい軽く見る。事件を解決して初めて「なかなか役に立つじゃないか」と見直してくれるのだ。

葉大人は茶館を何軒も営む金持ち。なのに会ったとたんに手を束《つか》ねるのを見て「悩みはだいぶ深そうだ」と春燕は察した。

「女史の王春燕といいます。幽鬼事件だそうですね。お話を聞かせてください」

葉大人が落ち着かなげに目を動かしながら明かした。

「わたしは一年前に後妻を迎えました。子ができて、そろそろ産み月を迎えるその妻が、先月『幽鬼を見た』と言って夜中に悲鳴を上げたんです。おおかた気が立って悪い夢でも見たんだろうと思い、慰めてやりました。『鼾《いびき》がうるさいから寝所を別にして』とわがままを言うくらいだから、てっきり身籠《みご》もっているせいだと思い込んだんです。ところが二度三度と騒ぎがつづき、四度目になって『あらわれるのは前妻の幽鬼だ』と打ち明けられました」

前妻の幽鬼が出る。それを退治してほしい。

そう葉大人が訴えた。

「前の妻とは二年前に離縁しています。あいつの不品行が原因でした。もともと気性が激しくて出しゃばりの……とにかく困った女だった。商いに口を出すせいで、茶館業の仲間と揉めたくらいです。ほとほと愛想が尽きかけていたところで、あろうことか男と通じおった！」

離縁の原因は姦通《かんつう》でした、と声を震わせる。

役所に訴えては世間に恥をさらすので、先方の実家と相談し〝病のせいで〟ということで丸く収めた。

ところが後日、妻が不服を申し出た。

「おかげで、わたしも前妻の実家も、ひどく迷惑をこうむりました。つまり、そういう質の悪い女ということです。別れて以来とんと音沙汰《おとさた》もなかったが、三ヶ月ほど前に〝頓死《とんし》した〟と噂で聞きました。少しは哀《あわ》れに思いましたが、まさか幽鬼になって祟《たた》るとは。頼むから何とかしてもらいたい」

切実な面持《おもも》ちで葉大人が頼む。

……死んで二月《ふたつき》してから幽鬼が？

不審に思って春燕は確かめる。

「奥様の見間違いということはありませんか？」

「ありません。妻が〝確かに秦氏《しんし》だ〟と泣いて訴えるから、寝所に潜んで確かめました」

「ということは、葉大人もご覧になったわけですね？」

「ああ、見た。十日前の真夜中だった。ギョロリと目が大きくて、鷲鼻《わしばな》で、口の横にホクロがあって……間違いなく前の妻だった。生きてるあいだも恐ろしい顔で人を睨みつけていた。怒ると凄《すさ》まじい剣幕で、大《だい》の男でも太刀《たち》打《う》ちできないほどだった。あのころと同じ顔で、恨めしげにこっちを睨んで……」

〝悔しいぃ〟

確かに前妻だと確かめたとたん、葉大人は衝撃のあまり「アッ」と昏倒《こんとう》したそうだ。

「このままではお産も無事にすみそうにありません。わたしは商売が手につかず、そろそろ使用人のあいだにも噂が広まりだしている。どうにかならないか、なあ〝鬼女吏〟さん！」

懇願《こんがん》されて春燕はうなずいた。

「わかりました。お力になりましょう」

もとより怪事の探索、解決は女吏の仕事である。助けてくれと頼るものを拒む理由はない。

「早速、承天府に戻って女吏頭《じょりとう》に相談してみます。お宅は北城にあるので、南城班のわたしがうかがうには許可がいるんです」

ひとまずお帰りくださいと告げると、葉大人は「頼む、頼む」と繰り返しながら菜館を出ていった。

見送ったあとに玉梅が首を傾《かし》げた。

「不倫して別れたのに、どうして前のご主人のところに出るんでしょう？　葉大人って、しみじみ懐かしむほど美男じゃないですよねぇ？」

歯に衣着《きぬき》せない感想に、横から許子游が「どうしてでしょうねぇ」と同調する。

「ところで、うかがってもよろしいですか？〝鬼女吏〟などという素敵な綽名はどうしてついたんです？　先ほどの話によると〝幽鬼事件をたちどころに解決する〟と評判だそうですが」

前のめりになって訊《き》くのを、春燕はきっぱり断る。

「許秀才。あなたがまずするべきことは、食い逃げについての申し開きです。怪異話じゃありません」

「あいにく幽鬼が気になって申し開きどころではありません。それに女吏どの、これまでのあなたの態度から察するに、僕が食い逃げ犯じゃないことをお見通しのようですが？」

どうです？　と微笑む子游を、春燕はキリッと仰ぎ見た。

「仮にそうだとしても、罪のあるなしを心証だけで判断できません。わたしが駆けつけたとき、あなたが包子をつかんでいたのは事実です。酒楼のご主人によれば、代金のやり取りはありませんでした。ご自身で〝四つ食べた〟と証言なさったので、包子六つの窃盗容疑がかかっています」

追及しながら思い起こすと、胡麻油の香ばしさが鼻腔《びこう》に蘇《よみがえ》る。とたんに「グウ！」とお腹が叫ぶ。

慌てて帯のあたりを押さえると、すかさず玉梅に見抜かれた。

「あー、春燕さんってば、またお昼を抜いたでしょう？」

すると許子游が何を思いついたのか、やにわにすたすたと歩きだす。手を結わえたままなので、春燕はグイと引っ張られる。

「あ、ちょっと……待ってください、許秀才。まさか逃げるつもりですか？　往生際《おうじょうぎわ》が悪いですよ。こらっ」

「まあまあ、そう怒らずに。逃亡する気はまったくありません」

行く手に小さな露店が見えて、冬日につやつやと照り映える山査子飴を売っている。長い串に真っ赤な山査子の実を六、七粒並べて刺した、子供に人気の飴菓子だ。

「実は、僕はこれに目がなくて」

懐《ふところ》から銭を出して子游が二本買う。

ニッコリ笑って、ひょいと一本こちらに差し出して、

「あなたが最初にするべきことは、どうやら腹ごしらえのようですねぇ」

三

南城の詰所で、風雲酒楼における食い逃げ事件の調書を取った。

代金支払いの不手際がもとでの誤解ということで、許子游は無罪放免。ただし後日、酒楼を訪れて謝罪することを条件にした。

風雲酒楼主人は子游を「偽学生ではないか？」と疑ったが、身分の真偽はあえて追及しないことにした。本物の官学生だとわかれば、酒楼主人は秀才に対する無礼で罰せられかねないし、子游は素行不良で退学になるだろう。

子游は最後まで〝掻っ払い兄妹〟について触れなかった。

……飄々として、捉《とら》えどころがなくて、でもどこか憎めない印象の不思議な人。

取り調べ結果を酒楼主人に伝えたあと、春燕は玉梅と二人で府庁に帰ってきた。

勤め先の承天府は、京師北城霊椿坊《れいちんぼう》にある。霊椿坊は時報を告げる鐘楼《しょうろう》鼓楼《ころう》も近く、最高学府国子監のある崇教坊《すうきょうぼう》ととなり合っている。

してみると〝食い逃げ許子游〟とは、以前からご近所同士。

忙しく歩みながら、春燕はふとそう考えた。

承天府は、国都承京と近隣五州を治める官府である。

広さおよそ十二里四方《六キロメートル》の京師は、中城《ちゆうじよう》、東城《とうじよう》、西城《せいじよう》、南城、北城の五区域に分けられ、さらに三十六の街坊に区分けされている。

一坊につき二名から三名の女吏が配置され、春燕が担当するのは南城八坊のうちでもっとも繁華な正西坊《せいせいぼう》。

〝京師を治める〟といっても承天府はあくまで地方行政の役所なので、人命事案《じんめいじあん》や、皇族貴族に関わる事件、国家を揺るがす策謀などには関与しない。それらを取り締まるのは兵部や刑部《けいぶ》、大理寺《だいりじ》などの国政官庁と決まっている。

京師の巡回や見張りは、兵部に属する五城兵馬司《ごじようへいばし》の仕事。強盗や放火、人攫《ひとさら》い等々、凶悪事件が起きれば、彼らが速やかに出動する……というのが建前《たてまえ》だ。実際のところは人手不足の兵馬司に代わって、承天府の捕役《ほやく》が出ていくことも多い。

日はすでに暮れている。

篝火《かがりび》の焚《た》かれた通用門をくぐって、府庁北東隅の女吏舎《じよりしや》に入ろうとすると、下っ端役人の溜まり場からワイワイと騒ぎ声が聞こえてきた。

玉梅がチッと舌打ちする。

「捕役たちですね」

「そうね」

春燕も耳を澄まして様子をうかがう。

夜風のなか、野太いガラガラ声が響いた。

「兵馬司が駆けつけるより先に、盗人《ぬすっと》を叩きのめしてやったぞ。悪人め、鉈《なた》を振りまわしやがって。見ろ！　こいつはそんときの傷だ」

……牛捕頭《ぎゅうほとう》だわ。

手下どもの声もする。

「名誉の負傷だな、牛兄貴」

「よせよせ、馬二《ばじ》。こんなものは掠《かす》り傷だ」

捕役の頭《かしら》の牛と補佐役の馬《ば》が、仲間と楽しく飲んでいる。上役の官吏はすでに退庁して、下っ端どもが騒ぎたい放題。端《はた》から見ると、まるで山賊《さんぞく》の群れだ。

「さすがは牛兄貴！　勇敢だぜ」

「兵馬司が潰れたって、牛親分がいれば京師は安泰です」

捕役というのはいわば〝下級警官〟で、ほとんどがゴロツキ上がりだ。役服を脱げば不良とさして変わらない。

「あそこを通らないと部屋に戻れないのは、どうにかならないかしら？」

隙を見てすばやく走り抜けるしかない。「行くわよ」と玉梅に目配せして、そろそろと近づいた。

捕役どもは篝火を引っ張ってきて暖《だん》を取っている。火にあたるついでに酒を温めたり干物を炙《あぶ》ったり。臭《くさ》い煙がもうもうと寄せてくる。

避けて通ろうとしたところで、玉梅が小さく「クシュン」と言った。

「やあっ、そこにいるのは女吏だな！」

たちまち牛捕頭のガラガラ声が飛んできた。

仕方なく春燕は立ちどまる。

「こんばんは、牛捕頭。捕役の皆さんも」

挨拶だけして過ぎようとすると「待て待て」と酒瓶《さかびん》を手に牛捕頭が寄ってきた。

牛捕頭は身の丈七尺《二メートル》近い大男。名前のとおり牛そっくりの面構《つらがま》えで、弟分の馬捕役と二人まとめて〝牛頭馬面《ごずめず》〟と綽名されている。

「見てみろ、この傷を。どうだ！」

自慢げに臂《ひじ》を見せつけられて春燕は返答する。

「見たところ刃物でつけられた傷ですね。それほど深くもなさそうですけど、ちゃんと手当てしたほうがいいと思います。腫《は》れて、ちょっと膿《う》んでます。放っておくと体中に毒がまわるかもしれません。死ぬことだってあり得ます」

思ったとおりを告げると、牛捕頭がギョロリと目を剝《む》いた。

「何だぁ？　女のくせに男に向かって〝死ぬ〟だとう？」

「男でも女でも捕役でも女吏でも、人間ですから死ぬときは死にます。甘く見ないでちゃんと……」

ちゃんと手当てをしてください、と言おうとするところで、パッと玉梅に口をふさがれた。

「わあぁ、すごぉい！　牛捕頭ってば勇敢なんですねぇ。お役目のために怪我なんて、あたしたち女吏には考えられません。盗賊を捕まえたんですか？　へえー」

愛嬌《あいきょう》たっぷりに玉梅が感心してみせると、牛捕頭が満足そうにグンと胸を張る。

「さすが玉梅！　見る目が違う。どうだ、こっちの傷も見せてやろう！」

役服をまくって腹まで見せようとするのを「また今度」と断り、急いで女吏舎に駆け込んだ。

女吏舎は男子禁制。捕役たちは入ってこられない。

バタンと戸を閉ざして、玉梅と二人で「ほうっ」と吐息した。

「助かったわ、玉梅」

「どういたしまして。春燕さんにまかせておくと喧嘩がはじまりそうですもん」

捕役連中は常日ごろから、ああした態度だ。見下されることには慣れっこだが、それでも腹は立つし、悔しく思う。うまくあしらう玉梅を真似てみようともしたが、お愛想や機嫌取りは不得意で、うまくいったためしがない。

宿舎である女吏舎は班ごとの部屋割りになっている。

もとは馬房《馬小屋》だったのを、先帝が女吏制度を定めた際に急いで改築させたと聞いている。

京師の風紀に目を配る女吏は約百名。担当の坊ごとに班長がいて、班長のなかから城《じょう》を束ねる女吏頭が選ばれる。

女吏頭のおもな役目は、仕事の指示と上司への報告。加えて後輩女吏の世話だ。年若い後輩たちにとっての〝姉貴分〟を務める。

『南城正西坊』と札の掛かった小部屋に帰ると、山積みの書類に埋もれて江《こう》女吏頭が筆をとっていた。

「ただいま戻りました、女吏頭」

「お帰りなさい。春燕、玉梅」

小机が一つと、寝返りを打つのがやっとの寝台が三つ。寝台の上にそれぞれの物置棚があって、少ない私物をのせている。

飾り箪笥《だんす》の一つもない部屋だが、しばしば江女吏が野花《のばな》を摘んで、茶碗《ちゃわん》に挿したのを窓辺に置く。棚の端から布を垂らせるよう工夫して、眠るときや考えごとをするときの仕切りにしようと提案したのも江女吏だ。窮屈《きゅうくつ》な宿舎暮らしを少しでも快適にしようと、細やかに心配りしてくれる。

「老司馬《ろうしば》から頼まれた仕事が山積みで、見まわりをまかせてばかりだわ。ごめんなさい」

何事もなかった？　と申し訳なさそうに訊くあいだも、江女吏は書類から目を離さない。

春燕はのぞき込み、キリのいいところで話しかけた。

「相談があるんです、女吏頭。実は、北城にお住まいの葉大人というかたから依頼を受けました。お宅に幽鬼が出て困っているそうです。助けてほしいと、わざわざ南城までおいでになりました」

どうしましょう？　と訊くと、江女吏がようやく目を上げた。

「そうね……」

江女吏は今年かぎりでの退職が決まっている。

地味な顔立ちに、優しい声音《こわね》。五人いる女吏頭のなかでもっとも目立たない。

江女吏が声を荒らげるところを、春燕は一度も見たことがない。

捕役たちがつけた綽名は〝茅草人女吏《かかし》〟で、しじゅう上役の司馬検校《けんこう》から書類仕事を押しつけられている。字が得意でない牛捕頭は、自分で書くべき報告書を「ついでにやっておけ」と江女吏にまわす始末。

……だけど、わたしは尊敬してる。

目立たず、押しの弱い江女吏だが、仕事ぶりは確実だ。

どんな厄介《やっかい》事でも地道に、丁寧に、優しく人の話を聞く。声の小さい女性や体の弱い老人の言い分も、けして疎かにしない。物乞いの子にも羽振りのいい大人にも平等に接するのを、春燕は「素敵だ」と感じて見習っている。女吏試《じょりし》に通ったあとの修練期間に、面倒を見てくれたのも江女吏だった。

「そうね……あなたが前に解決した幽鬼事件のうち、一件は北城で起きた怪事だったでしょう。確か戸部侍郎《こぶじろう》の奥様への嫌がらせだった。〝おかげでお偉方から褒美をもらった〟と感謝されたから、今度のこともきっと話がつけやすいわ」

やってみるといいわ、と江女吏が言い、

「向こうの女吏頭には、わたしから話しておくわ。それから春燕、この事件、わたしの代わりにあなたが指揮してみない？」

「えっ」

突然の提案に春燕は目を丸くした。

「捜査の指揮を、わたしが？　でも……まだ自信が」

「前にも言ったけれど〝南城の次の女吏頭は、王春燕が適任です〟と推薦してあるの。年が明けたら、まず正西坊の班長に任じられると思うわ。だから試しに今度の捜査を指揮してみて。大丈夫。あなたならやれるし、何かあったら助けるから」

自分はこのとおり書類仕事で手一杯、と苦笑顔で机を指し示す。

春燕は考える。

葉大人の依頼を解決すれば、きっと江女吏頭の点数にもなる。もしも長春茶荘の客が女吏の活躍について噂したら、京師じゅうに評判が広まるかもしれない。

……江女吏頭への餞《はなむけ》になるわ。

「わかりました、やってみます！」

引き受けると江女吏が喜んだ。

「安心したわ。あなたにあとをまかせて、きっと清々《すがすが》しい気持ちで辞められる。でも、春燕……」

ふと言いよどんで少し複雑な顔をする。

「あなたも、いまから身の振り方を考えておくといいわ。女吏の任期は十年。十八歳で女吏になったわたしは今年二十八で退任よ。あなたと同期の玉梅は早めに女吏試に応じたから、いま二十歳。だけど春燕、あなたは二十歳過ぎてから女吏になったでしょう?」

「はい。二十一で試験を受けて、一年間修練して女吏になりました」

今年で二十五歳です、と春燕は答える。

玉梅は夜食の調達に行って留守だ。「春燕さん用に特大饅頭を買ってきますね」と言って出ていった。

灯明《とうみょう》の明かりに江女吏の寂しげな微笑が揺れる。

「女吏を辞めて三十路《みそじ》越えだと、その先どうして暮らしていくか悩むことになるわ。だから、早いうちから将来のことを考えておきなさい」

四

〝身の振り方を考えておきなさい〟

江女吏頭に言われて衝撃を受けた。

女吏の仕事が好きで、毎日やりがいを感じながら働いている。

昼食抜きで駆けても、非番の休日が洗濯で終わっても、憧れの茶荘に縁がなくても、遅刻寸前で髪も梳《と》かさず女吏舎を飛び出したとしても、胸を張っていられるのは〝わたしは女吏だ〟と思うからだ。

事件を解決すると気分がいいし自信もつく。「おかげで助かった」と喜ばれれば、こちらも笑顔になる。誰かの役に立てていると思うと、日々を生きる力が湧くのだ。

「どうしたんですかぁ、春燕さん？　むすっと黙り込んじゃって。頭が痛いか、それともお腹がゆるいかですか？」

「ううん、どこも悪くない」

「難しい顔してると、どんどん皺が増えますよぉ」

「ねえ、玉梅。江女吏の……」

「女吏頭が、何です？」

「いいえ、何でもないわ」

月末に承天府を去る江女吏の今後については何も聞かされていない。知りたい気持ちはあるが、あえて問わずにいる。

以前、まだ女吏になりたてのころ、玉梅に身の上を訊ねたことがある。他意などなく、単に親しくなろうと思って訊いただけだった。

玉梅が愛らしい顔をニッコリ笑わせてこう答えた。

『春燕さんは道観《道教寺院》育ちだけあって、人の気持ちに鈍感なんですね。そういう浮世離れしたとこ、直したほうがいいですよ。誰も彼も、みんな清らかなお寺から降りてきたと思ったら大間違いです。世の中には訊かないほうが親切ってこともあるんです』

笑顔だったが声は尖っていた。

女吏の任期は十年。

就業規則の最初にはこう定められている。

〝女吏則　一、婦女をもってして吏役《りやく》に充《あ》ててはならぬこと〟

つまり勤めるあいだは、女吏は女性として扱われない。役服は男装で、書類に記す名前も男名だ。試験に応じられるのは、十六歳以上、二十五歳以下の識字《しきじ》女子で、未婚、もしくは独身のものに限られ、任期中の婚姻《こんいん》、婚約も許されない。

地主や学者の娘が出仕しようと思えば、普通は女官《じょかん》を志《こころざ》す。女官も女吏も同じように御上に仕える仕事だが〝官〟と〝吏〟とでは天と地ほどの開きがある。

女官ならば勤め先は皇城宮中。男性官僚と同様に官位を賜《たまわ》って、十年勤めたあとは良家にも嫁げるし、希望すれば任期を延ばすことも可能だ。

かたや、女吏の勤務先は承天府。

市中を忙しく駆けまわり、庶民の揉め事に関わって、悪くすると人の恨みも買う。十年限りの任期のあとに良縁が待ち受けるわけでもない。

女吏からすれば、女官は〝雲上に住む天女〟のような存在だ。過去に女吏から女官に昇ったものは、ただ一人きり。

そもそも読み書きができる娘は、それなりに裕福な生まれであるのが普通だ。広く民間から募られるとはいえ、識字女子でありながら女吏となった同僚らは、たいていそれぞれに事情を抱えている。

例えば、没落した名家の令嬢だとか。

あるいは、罪を犯した高官の娘だとか。

金持ちの夫が若くして死んで、頼る子もない寡婦《かふ》か。

〝人の気持ちに鈍感なんですね〟

のちに知ったが、玉梅は贈収賄《ぞうしゆうわい》に連座した貴族の身内らしい。江女吏頭は、財産を騙《だま》しとられた地主の娘。

……人の心を知って、ちゃんと気遣い、寄り添える女吏になりたい。

少女のころから道観《どうかん》で暮らしたので、世間知らずだという自覚はぼんやりあった。歯に衣着せない玉梅にああ言われて、それが自分の欠点なのだと思い知った。

「よし！」

ともあれ幽鬼事件の解決だと、春燕はくちびるを引き結ぶ。

葉大人の期待に応えて、江女吏頭の旅立ちに花を添えるため。

あわよくば女吏の働きを京師人《みやこびと》に知らしめるために。

「前を向くのよ、春燕」

よそ見すればつまずくわ、と自《みずか》らを叱咤《しった》する。


二日後。

北城の女吏頭と話がついたと知らされた。

「早速、葉大人のお屋敷にうかがってきます」

夜を待って春燕は府庁を出た。

人目に立たないようにくすんだ色の服で行く。女吏の身分を示す木製の腰牌と、私物の葫蘆を帯に結わえ、護身用の小刀を懐に忍ばせた。

葉宅は、府庁から南へ一里《五百メートル》ほど行った靖恭坊《せいきょうぼう》。皇城も近く、あたりに繁華な街路が多い。昼間に一度訪ねて「今夜うかがいます」と予告しておいた。

通用門へ行くと家宰《かさい》が待ち受けていて「どうぞ」となかへ入れてくれる。

「ご寝所へ案内するよう言いつかっております」

時刻はもうじき子の刻《午後十一時》。

起きて働く召使いも見当たらず、葉宅はしんと静まり返っている。

蔵《くら》や厨房を抜けて、寝所は宅内の奥まった場所にある。

「奥様の寝間着をお使いください。灯りはここです」

「人が多いと幽鬼が出ないかもしれません。離れていてください」

服を借りて家宰を遠ざけた。

寝所に一人残って、手早く寝間着に袖を通す。男結いにしていた髪を解いて、良家の奥方風に巻き上げた。

寝台に上がり、布団を被って身構える。

帯の葫蘆に手を添えて、

……さあ、出ていらっしゃい。

今夜は見張りを置かないでもらった。曇《くも》り空で月明かりもない。幽鬼があらわれるには都合のいい晩だ。

ひゅうぅ、とどこからか不気味な隙間風が吹いてくる。

ガタガタガタと、戸だか窓だかが揺れる。

息を殺して春燕は幽鬼を待つ。

時を告げる太鼓《たいこ》が遠く、ドォン、と響く。

ふいに、

〝く、やし……ぃ〟

地を這《は》うような、おどろおどろしい声がした。

布団の隙間から様子をうかがうと、怪しい影がスウッと寝所の入り口に立つのが見えた。

……出たわね、幽鬼！

ゆら、ゆらり、と近づいてくる。

女のようだ。長い髪を乱し、衣服の裾をずるずると引きずりながら来る。

〝悔しい……よくも、あたしを追い出してくれた〟

ほそい灯りに、幽鬼の顔が仄かに照らされた。

中年の女。

目が大きく、鷲鼻で、口もとに目立つホクロ。

葉大人の前妻、秦氏の容貌《ようぼう》と一致する。

春燕は葫蘆を持ち上げ、なかから桃葉《とうよう》の粉を一つまみ取る。目を閉じ、気を整えて粉末を両の瞼《まぶた》に塗ると「ふっ」と短く気合いをかけた。

〝見鬼術《けんきじゅつ》〟

鬼気を察し、幽鬼を見る術《すべ》を春燕は心得ている。道観で授けられた霊術だ。

まなざしを据えて目を凝《こ》らす。

くっきりと人影が見えている。

……鬼気が漂わない。幽鬼じゃないわ！

バッと勢いよく布団をはねのけ、寝台から飛び出した。

「待ちなさい！」

バサと衣を投げて幽鬼が逃げた。

「チッ」

舌打ちして寝所から走り出る。

春燕は追う。

バタバタと足音を立てて逃げる幽鬼は、さして速くはないが、いつまで経っても追いつけない。

狭い廊下。

使用人部屋。

厨房。

炭《すみ》置場。

井戸端。

葉宅のあちこちを駆け巡ったあげく、

「あっ……消え、た？」

裏庭で忽然《こつぜん》と姿を消した。

春燕は立ち尽くす。

冷えた夜風がひゅうひゅうと鳴っている。

「でも間違いない。あれは幽鬼じゃなくて、生きた人だった」

五

見鬼術を教えてくれたのは、老仙姑《ろうせんこ》と呼ばれる女道士《おんなどうし》。

京師城外の白鷺山《はくろさん》道観に五歳で預けられ、老仙姑と死に別れるまで、春燕は世話係として身近に仕えていた。

老仙姑は優れた見鬼者《けんきしゃ》で、しばしば人に頼まれて山を下り、幽鬼の声を聞いていた。

彼女が術を使うと、いつも黒い影が仄見《ほのみ》えた。何ですか？　と訊くと「あれは幽鬼で、おまえには見鬼の才がある」と告げられた。

『幼いうちに磨かないと自然に失われる才能じゃ。春燕や、亡者《もうじゃ》と話してみたいかね？』

道術の呼吸を用いて精神を研ぎ澄まし、桃葉で目耳口を浄めて邪気から身を守る。そうすることで幽鬼の姿がくっきりと見え、彼らの声を聞き、心を通わすことができるのだ。

女吏を志して還俗《げんぞく》しなければ、あのまま女道士になっていただろう。近隣の村里で死人が出ると呼び出され、遺言を告げてありがたがられていたかもしれない。

そもそも幽鬼は長くこの世に留まれない。

風が吹き、雨が降り、露《つゆ》が降りれば、鬼気は散じてしまう。

よほど念が強いか、さもなければ地下室や蔵のなかのようなところで死んだかでなくては、長く彷徨いつづけることはない。念の強い幽鬼は滅多になく、あれば人に様々な害を及ぼすものだと老仙姑から聞かされた。幸いそのようなものには、まだ出会ったことがない。

「おかしいと思った……」

死んで二月後に秦氏があらわれたと聞いたときから、春燕は疑っていた。

葉宅でのことを知らせると、玉梅が呆れ声を上げた。

「えー、幽鬼が生きてたんですかぁ？」

「ええ。間違いなく生きた人だった。話に聞く秦氏と姿が似ていたわ」

「ってことは双子の姉妹とか？」

「または秦氏を知る何者かが、彼女に変装したか」

いずれにせよ質の悪い悪戯《いたずら》だ。

葉大人の衰弱ぶりからすると商いの妨害ともいえる。お産を控える後妻の身に何かあれば、結果として人を害する事件にもなりかねない。

「どうします？　春燕さん」

捜査の指揮をまかされている。これまで見てきた江女史のやり方を、春燕は頭のなかでおさらいした。

「偽幽鬼のことを伏せて、葉宅で聞き込みしましょう。侍女《じじょ》や召使いまで丁寧に話を聞いて、幽鬼に化けそうなものがいないか確かめるの」


日が昇るのを待って、ふたたび葉宅を訪れた。

玉梅と手分けして聞き込みを開始する。

あらためて葉大人からも話を聞いた。

「あいつ《秦氏》の味方？　そんなものあるわけがない。葉家ではとにかく鼻つまみ者だった。実家は男兄弟ばかりで姉や妹はなかったはずです」

死んだ前妻の味方をして悪事を企《たくら》むものなど思いつかないと言う。

かつて秦氏の侍女だったものは、現在は後妻に仕えている。もとの主人をどう思うか訊くと、待っていたかのように不満を述べ立てた。

「気性が荒くて、ほんとに困った人でした。つまらない理由で折檻《せっかん》されて、召使いが何人辞めたことか。あたしだって平手打ちされたことがあります。一度や二度じゃありませんし」

話を聞くうちに召使いたちがぞろぞろと集まってきた。

「あたしの話も聞いてください、お役人さん」

「俺たちも前の奥様にさんざん虐《いじ》められた。なあ、みんな」

「叱りながら蹴《け》るんです。まるで鬼でしたよ」

「離縁されて正直いい気味だった。新しい奥様は小遣いもくれるし、優しい人です」

使用人たちは口々に秦氏を誹《そし》って、同情するものは一人もない。黙っている下働きもあったが、話を聞こうとするとパッと逃げて隠れてしまった。

半日ほどかけて丁寧に聞き取って、

「前妻はよっぽど悪人みたいですねぇ」

ここまで嫌われるのも珍しいですね、と玉梅が肩をすくめた。

春燕は葉宅を出て首を傾げた。

……わからないわ。

秦氏を慕うものがないとすると、誰が、いったい何の目的で、幽鬼騒ぎなど起こしたのだろう。

「実家も調べる必要がありそうね。でもその前に、いったん老司馬に報告しましょう」


承天府に戻ると吏員《りいん》部屋を訪れた。

司馬検校という低級官員が、普段指図を仰ぐ上役である。

「何だって？　偽幽鬼？」

老司馬は一番陽当たりのいい席に陣取っている。額《ひたい》に深々と皺を寄せ、さも面倒そうにこちらを見た。

あらたまって彼のまえに立つのは、春燕は初めてだ。いつもは江女吏が報告するので、相手も怪訝《けげん》な顔になっている。

国と同じく承天府も官僚によって治められている。

府の長官を府尹《ふいん》といって、府尹の下に副官の府丞《ふじょう》などがいる。さらにその下に置かれているのが、府下で起きる様々な事件を捜査する推官《すいかん》だ。

推官は別名〝豸史《ちし》どの〟と呼ばれる。豸《ち》とは、悪人を懲《こ》らしめる一本角《いっぽんづの》の神獣《しんじゅう》である。

推官は中級官僚なので、使いっ走りの庶民である女吏や捕役とは滅多に口をきかない。

あいだを取り持つのが吏員上がりで古株の司馬検校だ。

老司馬は江女吏と同じく年末で退職予定。〝事なかれ主義〟の権化のような仕事ぶりで、代々の推官に気に入られてきたと聞いている。

「盗んだものもなく、ただ人を驚かせただけなら、近所の子供か何かの悪戯じゃないのかね？」

わざわざ報告することかね？　と老司馬が舌打ちした。

……そう来ると思った。

怯《ひる》まないわ、と春燕はまなざしに力を込めて上役を見た。

「葉宅にうかがって、この目で確かめました。幽鬼の正体は子供ではありません。身重の奥方を繰り返し悩ませて、放っておくと重大事件になるかもしれません。葉大人は茶館を何軒も営む組合の重鎮で、お客には大臣のお身内もあると聞いてます」

このまま放っておいていいんでしょうか？

そう詰め寄ると、老司馬があからさまに嫌な顔をした。

「わかった、わかった。とはいえ、お化け騒ぎなんぞを豸史どののお耳に入れられるもんかね？」

疲れたフリで眉間《みけん》を揉むところに、ドカドカと〝援軍〟があらわれる。任務の報告に来た捕役連中だ。

「おい！　司馬様を煩《わずら》わせるんじゃない。幽鬼だとぅ？　いるなら出してみろ。俺たちが懲らしめてやる」

ガラガラ声で咆《ほ》えるのは牛捕頭だ。「悪ガキとお化けは、いかにも女吏向き。大事件になど発展するわけがない」と決めつける。

老司馬が「よくぞ言った」と目配せをする。

「いいかね、王女吏。大事《おおごと》になりそうなときだけ報告しなさい」

下がれ、と命じられて、春燕はキュウッとくちびるを嚙《か》む。

六

ブチッ、と干し芋《いも》を食いちぎった。

カラカラに乾いた芋は、夜中にお腹がすいたときの非常食だ。紙に包んで寝床の隅に大事にしまってある。

つづけざまに三枚、ブチッブチッ、クッチャクッチャと音を立てて噛みしだく。

「腹が立つ！　腹が立つ！　司馬検校に牛捕頭、二人まとめて濠《ほり》に蹴り落としたい！」

ゴクンと飲み込み、怒りを鎮めようと努力した。

老司馬の怠慢《たいまん》ぶりは聞いていたので、まともに取り合ってくれないだろうと予想していた。牛捕頭の態度にも日ごろから慣れっこだ。

なのに怒りが込み上げる。どうしてこんなに腹立たしいのかと考えて、真剣に仕事の相談をしたからだと思いつく。心を込めてまっすぐ差し出したものを「何だつまらない」と放り捨てられた気分だ。

……女吏頭は、あんな態度をとられながら仕事してたんだわ。

吏員部屋への報告には、いつも江女吏が一人で行く。黙々と役目をこなしていたので、彼女の苦労に気づかなかった。

これまで江女吏の怒っている顔や泣いているところを見たことがない。愚痴《ぐち》をこぼされたことも皆無である。未熟な後輩に嫌な思いをさせまいと、盾《たて》になってくれていたのだと初めてわかる。

今日は非番で江女吏は不在。書類が山積みの机を透かし見て「老司馬に文句を言ったことはないのかしら?」と考えた。

　ブチッと思い切り芋を食いちぎると、

「春燕さぁん。そんなことしてると歯が早く抜けますよ」

　玉梅に呆れられる。吏員部屋から戻ってすぐに寝床に籠城したので、あらかた事情を察しているに違いない。

「干し芋なんかヤケ食いしないで、露店の山査子飴でも買ってくればいいじゃないですか。紅《あか》くて、甘くて、癒《い》やされますよ?」

「わかる……でも、いまは気分じゃない」

「老司馬のせいで歯なしになったら、つまらないですよぉ」

「だけど今日は、硬いのを思いっ切り嚙みたいの」

　歯がすり減ってもいいから嚙みちぎりたいのよと、むくれたままで返事をした。

　山査子飴と言われて、ふと〝食い逃げ秀才〟を思い出した。

　ヨレヨレ衣に珍妙な眼鏡。

　風采の上がらない官学生。

『京師に暮らしてだいぶ経ちますが、女役人の取り調べを受けるのは初めてです』

　掻っ払い兄妹を庇って熱い包子をつかんでいた。

「変わり者だわ……」

クスッと笑うと胸が少しだけ楽になる。

京師には百万の民が暮らしていて、きっと許子游と同じく女吏に出会ったことがないものがほとんどだろう。

世間には、揉め事や困難を抱えていても泣き寝入りするしかない人がいる。

立場の弱い子供や女性。怪我したものや、病んだもの。虐げられても声を上げられず、家長や雇い主、隣組の長老などの裁きに従っている。けれど彼らの裁定が正しいとは限らない。

女吏はもともと弱いものを助けるために置かれた職だ。

二十年近く前、京師を守るはずの兵馬司にゴロツキどもが大勢雇われたことがある。彼らはこぞって庶民を脅迫《きょうはく》したり、女を脅したり、果ては火付けや強盗まで働いた。

事態を憂《うれ》えた先帝は、急遽詔《きゅうきょみことのり》して女吏制度を定めさせた。

朝廷では「女子に役人が務まるはずがない」「かえって被害が広まる」と猛反対が起きたが「朕《ちん》に仕える女官には才がある。女吏にも才あるものを任ずればよい。危害を加えたものは斬刑《ざんけい》に処する」と断固として押し通した。

当初は期待もされた女吏制度だが、あいにく先帝が若くして崩御したため、十分には根付かなかった。

女史が置かれたのは京師だけ。日ごと数千数万の人々が流動する国都で、その存在を知ってもらうことは難しい。

春燕はキリリと歯を食いしばる。

……だけど、困っている人に頼れるものがあることを知らせたい。

女史が退治できるのは幽鬼だけでないとわかってほしい。

「そうよ」と気を取り直し、寝台の仕切り布をパッとはね上げた。

向かいで玉梅が髪を梳《す》いている。

「明眸皓歯《めいぼうこうし》って言うじゃないですか、春燕さん。綺麗《きれい》な歯は美人の条件なんですから、お婿《むこ》を捕まえるまでとっておかなくちゃ」

「お婿なんかよりいまは偽幽鬼よ、玉梅」

「駄目駄目、そんなんじゃ結婚できません。干し芋を囓《かじ》ったり、非番の日に艶情小説《恋愛》を読んだりするより、目のまえの現実を見なくっちゃ。そうだ、ほら……〝食い逃げ〟さんなんかどうです？　眼鏡を取ったら、さほど間抜けっぽくないかもですよ？」

豊かな髪が自慢の玉梅は、官僚を射止めて玉の輿《たまのこし》に乗るのが夢だ。

あの日、許子游が買ってくれた山査子飴を、春燕は「いりません」と断った。すかさず玉梅が「それじゃ、あたしがもらいます」と愛嬌たっぷりに受け取ったのだった。

ふいに江女吏の言葉が頭を過《よぎ》る。

『身の振り方を考えておくといいわ』

慌てて春燕は「やめやめ」と首を振り、

「玉梅、明日になったら城外の秦氏の実家を訪ねてくれる？　本当に姉妹がいないか、もしくは仇討《あだう》ちしそうな友達がいないか、確かめたいの」

「えー？　出張ぉ？　ついでに盧橋《ろきょう》で買い物してきていいですかぁ？」

「寄り道はほどほどにね。遅くなると危ないから」

「役服で行けば平気ですよ。〝女吏《じょり》ヲ害《がい》スルモノハ斬《ざん》ス〟でしょ？　お土産《みやげ》に歯磨き粉を買ってきてあげますね。春燕さんは、次どうします？」

「わたしは……」

書類仕事で多忙な江女吏には協力を頼めない。それに一人で捜査できるところも見てほしい。

大事になりそうなら報告しろと老司馬は言ったが、それでは女吏のいる意味がない。被害が大きくなる前に犯人の正体を暴いて、悪事をとめなければ。

「わたしは、ちょっと妓楼《ぎろう》で遊んでくるわ」

翌日午後遅く、春燕は承天府を出た。

清々しい男装で花街《はなまち》へと向かう。

薄紫の衣に紺《こん》色の帯を結い、洒落た帯飾りをさらりと下げた青年学生の格好だ。髪もさっぱり結って、銀の簪《かんざし》を挿す。

訪れるのは黄華坊灯草胡同《こうかぼうとうそう》にある紅霞楼《こうかろう》という妓館《ぎかん》。

灯草胡同は華やかな横丁で、ひしめくように妓館が軒を連ねている。官僚登用試験会場である貢院《こういん》に近いので、色っぽい紅灯街《こうとうがい》となっている。国子監の学生や、試験のために地方から上ってくる受験生がお客で、京師の色街のなかでも格が高い。

銅環《どうかん》のついた扉を開くと、顔見知りの仮母《おかみ》が迎えてくれた。

「いらっしゃいまし〝王秀才〟」

「こんにちは。お世話になります」

春燕は以前にも紅霞楼に上がったことがある。幽鬼を見たと言って悩む芸妓を救い、感謝された。以来、京師の噂話を拾いたいときに世話になっている。

……葉大人の交友関係を調べたい。

葉大人から〝鬼女吏〟の噂は紅霞楼の番頭に聞いたと教えられた。茶館業組合の贔屓《ひいき》の店なのである。

春燕は若い学生らしくツンと気取ったそぶりで案内されていく。

二階建てのこぢんまりとした妓館だが、調度品などは贅沢《ぜいたく》にあつらえている。庭の植え込みや石組《いしぐみ》なども凝っていて、室内を飾る花々、盆栽、掛け軸にも、文人好みの気品が漂う。

部屋に通されて待つと、かつて助けた芸妓が来てくれた。

「力を借りたいの。お店の常連に、葉大人というかたがあるでしょう？」

訊くと芸妓が「はい」とうなずいた。

「茶館を幾つも営んでおいでの葉大人ですね？　組合の寄り合いで頻繁《ひんぱん》にお越しいただいてます」

「評判を知りたいの。商売上の揉め事や、悪い噂は聞いたことがないかしら？　誰かに恨まれるようなことや、狙われたりすることがこれまでになかったか……」

仕事仲間に問題を起こしそうなものはないか。あるいは個人的なつき合いのなかに悪人は？

確かめたいことを告げると、すぐに口の堅いものを呼んで調べてくれた。

半時もしないうちに返答が得られる。

「葉大人を恨むものはないようです。穏やかな人柄で、組合のなかでは調整役なんだとか。お席に呼ばれる妓《こ》が言うには、このごろは仲違いや言い争いを見たことがないそうで」

「茶商や、胡同の顔役との諍《いさか》いもないかしら？」

「まったく聞かないそうです」

当人にこれといった問題はなく、周囲にも事件の容疑者になりそうなものはない。

協力に礼を言って部屋を出ると、春燕は嘆息した。

「手がかりなしだわ。実家のほうで何かわかるといいけど……」

玉梅の出張に期待しつつ、ふと「偽幽鬼は、もうあらわれないかもしれない」と考えた。

葉宅で待ち伏せされて危うく捕まりかけたのだ。捕縛を怖れて二度と悪さをしないのでは？

あれこれ調べまわっても無駄かもしれないと、いささか弱気になるところに、廊下の向こうから数人の客がやって来た。

春燕は慌てて学生らしく取り繕う。

客たちは、ゆったりとした足どりで来る。昼間から贅沢に遊んだのだろう。紅霞楼馴染《なじ》みの上客に違いない。

邪魔にならないよう隅に避けて、ふと目をやると、

「あっ」

一行のなかに見知った顔があって春燕はギョッとした。

……府尹様だわ！

承天府長官の姿がある。

思わずサッと青くなる。

捜査のための潜入だが、学生を装って妓楼に上がったなどと知れたら、どんな咎《とが》めを受けるかわからない。「京師の治安を守るべき女吏が、すすんで風紀を乱している」などと責められては大変だ。

朝廷で〝女吏廃止案〟が取り沙汰されたと聞いたこともある。問題を起こしてはならない。どうか見つかりませんようにと、緊張しつつ近づいた。

客は三人連れで、屈強そうなお付きを従えている。府尹は太った中年だが、あとの二人は若者だ。先に立って案内する青年を見て、春燕は目を丸くした。

背が高く、肌は白く、面差し涼やか。

艶情《えんじょう》小説に描かれる〝夢の郎君《ろうくん》〟のようで「何て美しいの」と思わず感嘆する。

あとから来るもう一人も身長が高く、こちらは少々険しい雰囲気の美男子だ。

道を譲り合ってすれ違う。

「失敬」

「どうぞお気になさらず」

すれ違う瞬間、ふ、と薫香《くんこう》が漂った。

とっさに「懐かしい香りだわ」と思いつき、すぐさま「そんなはずはない」と打ち消した。

かつて白鷺山道観を参詣《さんけい》に訪れた皇太后《こうたいごう》一行が、得も言われぬ芳香に包まれていた。気になって「何の香りですか？」と訊ねると、憧れの人が「宮中後宮でしか焚かれないお香です」と教えてくれた。

文人向けの妓館とはいえ、市井《しせい》の花街に宮中の名香《めいこう》が漂うはずもない。

顔を伏せて遠ざかり、見咎められずにすんで春燕はホッと胸を撫《な》で下ろす。

紅霞楼を出ての帰り道、あらためて事件について思案する。

幽鬼は二度と出現せず、このまま事件は沙汰やみになって、葉家の憂いも拭《ぬぐ》われるのではないか？

けれど、耳に残って消えない声がある。

〝く、やし……ぃ〟

葉宅で聞いた偽幽鬼の声だ。あとになってふと「どうしてあれほど悔しげだったのか？」

と気にかけた。

　どれほど亡者らしく装ったところで、死んだ当人ほど強く恨み、悔しがれるものではない。秦氏に化けて葉家を悩ませる犯人なら、もう少しあくどい声を出しそうなものだ。

　なのに、

〝悔しい……よくも、あたしを追い出してくれた〟

　偽幽鬼の声から感じたのは、怒り、悔しさ、それから？

　考え考え行く途中、

「鬼女吏さん」

　どこからか呼び声が聞こえて、春燕は立ちどまる。

「鬼女吏さん、鬼女吏さん」

「誰？」

　気づけば、いつの間にやら府庁近くまで戻ってきている。

　賑わう街路に優雅な扁額が見えた。

「あ、長春茶荘……」

　足をとめるのは長春茶荘まえ。声はどうやら門内から聞こえたらしい。

　繁華な街で大っぴらに〝鬼女吏〟などと呼ばれては具合が悪い。

目を凝らすと店先の木陰《こかげ》に、しきりに手を振る男がある。

「やあ、ここですよ、鬼女吏さん」

「許秀才っ？」

七

長春茶荘で許子游が手を振っていた。

春燕は急いで門内へと駆け込んだ。

「シイッ！〝鬼女吏〟だなんて大声で呼ばれたら困ります。このとおり仕事で変装中なんです」

「こんばんは、奇遇ですね。洒落た学生姿がよくお似合いです。僕なんかよりずっと優秀そうに見えます」

すぐにも登用試験に合格しそうです、とのんびり感心する子游は、どうやら一人で喫茶を楽しんでいたらしい。

今夜も冴えない服装。

薄青色の制服の上に粗末な綿入《わたい》れをぞろりと羽織り、飾り気のない簪で留めた髷《まげ》がちょっと斜めに傾いでいる。前屈みになって熱い茶を「ふうぅ」と吹くと、眼鏡の水晶板が白く曇って滑稽《こっけい》だ。

「こんなところで何をなさってるんですか?」

「見てのとおり喫茶を楽しんでます。緑茶がなかなか美味で、さすが京師一と評判の茶館です」

飄々と褒めるが、長春茶荘は金持ち娘たちがこぞってもてはやす瀟洒《しょうしゃ》な茶館だ。変人学生が本気で好むとは思えない。

不審に思って春燕は訊ねる。

「酒楼の店先で包子をわしづかみにした人が、流行りの茶荘でお茶ですか?」

何か別の目的があって訪れたに違いない。葉大人の依頼を一緒に聞いていたので、長春茶荘が事件がらみの店だと子游も知るはずだ。

……もしかして茶荘に幽鬼が出ないか期待してるんじゃあ?

案の定、眼鏡の奥の瞳が悪戯っぽくくるめいた。

「そういう女吏どのは、いったいどちらへ?　変装といっても、真面目に経書を学ぶ様子には見えませんが」

「職務上の秘密です。お教えできません」

「なるほど、色っぽい界隈での捜査となると打ち明けづらいでしょうね。白粉《おしろい》の甘い香りがしますが、風紀上問題はないですか？」

「えっ」

花街帰りをすっぱり見抜かれて、慌てて袖の匂いをかぐと、相手が「あはは」と笑った。

「すみません、白粉というのは冗談です。鎌をかけてみたんです。どうやら行き先は当たりのようですね。洒落た扮装から見て灯草胡同あたりでしょうか？　艶《つや》っぽい妓館で幽鬼に会えましたか？」

捕まえましたか？　と興味津々で問われて、春燕は相手をピシと見た。

「笑いごとではありません、許秀才」

官学生を相手に思い切って苦言する。

「部外者にとっては面白おかしい怪談でも、被害を受けたかたにしてみれば、ご家族の安全や商売の先行きがかかった一大事です。早く解決したくて、わたしたちも必死で調べてます」

道楽気分で面白がるのはよしてくださいと、ヘラヘラ笑いをまっすぐ見つめる。

「それに不用意に関係先に近づくと、どんな目に遭《あ》うかわかりません。危険ですから、どうか自重してください」

お願いします、と言って去ろうとすると、子游がパッと絹袖を引いてとめた。

「待ってください」

「お茶は一人で楽しんでください。失礼します」

「喫茶の誘いではありません。もしかしてあなたは視力がお悪いですか？」

「どうして視力の話になるんでしょう？　目はいいほうです」

「おかしいですねぇ。僕に見えるものが、あなたに見えていないようなんです。もしかして遠くは見えても、近くは不得意でしょうか？」

「いったい何の話ですか？」

もってまわった問答につき合っている暇はない。間もなく夜になる。日が暮れきる前に承天府に戻って玉梅を待たなければ。

「とにかく失礼します。さようなら……」

「気づきませんか、女吏どの？　人気茶荘に閑古鳥《かんこどり》が鳴いていることに」

〝閑古鳥〟

言われて、春燕は「え？」と振り返った。

金持ち娘たちに人気の長春茶荘。

店頭には「長春」と記された大燈籠《とうろう》が掲げられ、優雅な雰囲気を醸《かも》している。

黄昏《たそがれ》のなかに門楼が影になって見え、花模様の窓桟越しに店内を望めば、上席に連なる娘客の姿が華やかに……見えない。

「え？　あっ？」

驚いて店内のあちこちに目をやった。

平素は見物人が途切れない厨房まえに、今日は人っ子一人ない。甜品師も早くに仕事を終えたのか姿が見えない。

窓越しに透かし見る上席にも客の影はなく、人気茶荘が閑散としていた。

「どういう……こと？」

「やっと見えましたね」

許子游がニッコリ笑んだ。

「ちなみに僕が飲んでいる茉莉花茶《まつりか》は、今晩は半額で頼めるそうですよ。甜品師おすすめの胡桃《くるみ》菓子がタダでつくので、とてもお得です」

「いったい何があったんでしょう？　どういうことですか？」

見ると、おもてを過ぎるものたちが茶荘を避けるようにして歩んでいる。連れがあるものはヒソヒソと何事か囁《ささや》きながら行く。

「噂が広まったんです。幽鬼の」

茉莉花茶を一口すすって子游が教えた。

「今朝早く、何者かが茶荘の門や壁に貼り紙したそうです。〝長春茶荘は幽鬼茶荘〟〝喫茶したものは祟られる〟と書かれていたので、たちまち噂になりました。昼過ぎにはもうこんな有様でしたよ」

買い物客で街が賑わい、普段以上に人と人とが顔を合わせる年末だ。いつにも増して噂が駆けるのが早かった。

暑い夏なら〝幽鬼茶荘〟も少しは面白がられたかもしれない。しかし、年越しを控えるいまの時期では「縁起が悪い」とあからさまに嫌われる。

「なかなかヤリ手の幽鬼ですねぇ」

人気茶荘をまたたく間に貶《おとし》めた。

死なせておくには惜しい知恵者です、と感心しつつ、子游が懐から紙を取り出す。

「門前に貼られたものです。記念に一枚いただきました。〝幽鬼茶荘〟……どうです？なかなか達筆じゃありませんか」

「ほ、褒めてる場合じゃありません。偽幽鬼を何とかしないと！」

事情を聞いて春燕は気が気でない。

狙いが葉宅から逸《そ》れて、茶荘にまで被害が広がったのは、おそらく幽鬼を待ち伏せしたことが原因だろう。

「あのとき、わたしが捕まえてたら……」

筆をとって悪巧みする幽鬼に、どうやって立ち向かえばいいのか。葉大人に正式に訴え出てもらうべきか、それとも、このまま女吏だけで追うか。

子游がのんびりつけ加える。

「それはそうと、幽鬼に祟られている葉大人の現在の奥方ですが、茶荘の元給仕だそうですね。とても魅力的な女性で、彼女が店に出ると男性客が増えたそうですよ」

「初耳です……」

後妻にはまだ会っていない。

美人給仕が雇い主の妻になったら妬《ねた》みを買いそうなものである。なのに葉家の家中で後妻の評判はよかった。

少し不自然だわ、と春燕は考えて、

「許秀才、誰からその話を?」

葉宅での聞き込みで、そんな話は出なかった。

いったいどこで聞いたか問うと、子游が悪びれもせずに答える。

「僕は昼からここでお茶を飲んでいましたが、給仕の皆さんが暇そうなので、あれこれ訊ねてみたんです」

「そうですか……教えてくださってありがとうございます。でも、どうかこれ以上は関わらないでください」

「そうしましょう。最後に僕にも一つ教えてください。いまさっき〝偽幽鬼〟とおっしゃいましたが、どうして〝偽〟と断定しましたか？」

鋭く問われて春燕は、ぐ、と答えに詰まった。

「それは……」

しまった。焦ってつい〝偽幽鬼を何とかしないと〟と口走った。

見鬼術で確かめた、とは言えない。

術の心得があることは秘密にしている。〝妖術使いの女吏だ〟などと噂になってはまずい。同僚たちからは「道観育ちだから、その方面の勘が鋭いのだろう」くらいに見られている。

「それは……葉宅で幽鬼を追ったとき、バタバタという人の足音を聞いたので」

「幽鬼を追った？　ああ、僕もぜひその場に居合わせたかった！　追跡を振り切って逃げるとは、だいぶ足の速い幽鬼でしたか？」

「いえ。足が速いというより、器用に逃げまわるというか、身を隠すのが上手というか」

答えながら「おや」と春燕は思いつく。

……そういえば、やけに葉宅の間取りに詳しかった？

宅内といい庭といい、暗いなかを自在に走って逃げたように思う。身軽ではなく、足音からすると体はむしろ重たげだった。本物の幽鬼でないのだから、いくら真夜中とはいえ、他人の家に難なく入り込めたこと自体が妙ではないか。

「だったらやっぱり……葉家内部のものの犯行じゃあ？」

再度聞き込みすべきかしら？　と迷うところで許子游がふいに言った。

「面白い人ですねぇ、あなた」

唐突な感想に、春燕はちょっと眉をひそめる。

「どういう意味でしょう？」

「そうですねぇ、面白いと思う理由は幾つかあります。例えば一介の女吏が、西方伝来の貴重品である靉靆《あいたい》をご存じだったことですとか」

「それは……以前、貴いかたがお持ちのところを拝見したことがあったので。たまたま見知っていただけで、別に変でもありません」

「さらに例えば、いま帯に下げている葫蘆が、ぱっと見には庶人の持ち物らしいのに、実は凝った作りの上等品であることとか」

私物の薬入れを指さされて、春燕はハッとした。

子游が探るような目でジイッとこちらを見る。

慌てて苦し紛れに反論する。

「あ、あなたこそ、貴重な眼鏡をかけてるじゃありませんか。許秀才」

「確かに。しかし貴重品を身につけていても、僕は特に富貴な生まれというわけではありません。父と兄は官僚ですが、位は下級です。幼馴染みに貴族の次男がいて、使わないからと舶来品をくれたんです」

「わたしは官僚にも貴族にも知り合いはいません。ごくごく普通の庶民です」

「いやぁ、怪しい。もしかすると、どこかの良家のご令嬢かもしれないと僕は睨んでいます」

「そんなことありません！　薬舗《くすりや》の娘です！」

後退《あとずさ》ってガタンと椅子を蹴り、力いっぱい否定した。

ちょうどそこに、

「春燕さん？　あ、やっぱり春燕さんだぁ」

ひょこ、と茶荘の門をくぐって玉梅があらわれた。

「すいてるから、どうしたんだろうと思ってのぞいたら、春燕さんの声が聞こえたんです。

あー、食い逃げさんも一緒ですかぁ？　あたしのこと覚えてます？　玉梅ですぅ」

小走りで寄ってきて、玉梅がクイッと許子游をのぞき込む。出張帰りの男装だが、華奢《きやしや》で丸顔なので十分愛らしい。

……助かったわ、玉梅。いいところに来てくれた。

追及を免《まぬが》れてホッとしながら、春燕は前のめりで訊く。

「お疲れさま、玉梅。どうだった？　秦氏に姉妹はいなかった？　仲のいい友達は？」

卓上の胡桃菓子に目を煌《きら》めかせつつ、玉梅が言う。

「姉も妹もいませんでした。友達もなしです」

「一人も？」

「はい、一人もです。秦氏は子供のころから男勝りの性格で、女友達ができなかったそうなんです。彼女を褒める声といったらせいぜい〝しっかり者だ〟くらいでした」

「しっかり者……」

「お金の勘定が得意で、小作人からも役人からも煙《けむ》たがられたみたいです。間違いや不正を見つけると大声で怒鳴り込むので、父親も長老も手を焼いて。近所の地主仲間では嫁のもらい手がないから、実家から離れた京師に住んでる葉大人と結婚させたって」

秦氏は姉妹も女友達もなく、実家でも厄介者扱いされていた。

現在は長兄が秦家《しんけ》の家長になっている。秦氏と嫂《あによめ》の仲は悪くなかったが、その嫂は三月《みつき》前に病で死んだ。

偽幽鬼を演じそうな秦氏の味方はない。

「ということは、手がかりなしね」

困ったわと春燕は落胆《らくたん》する。これでは解決の糸口が見つかりそうにない。

玉梅が胡桃菓子をちゃっかりねだって口に放り込み、

「んー美味《おい》しい！　春燕さんも食べたほうがいいですよぉ」

「事件が気になって、お菓子どころじゃ……」

「手がかりならありました」

「えっ」

口をもぐもぐさせつつ玉梅が「手がかりがある」と言う。

ハッと春燕は身を乗りだした。

「どういうこと？　教えて！」

「秦氏は死んでませんでした」

八

「秦氏は死んでませんでした」

玉梅の報告に、春燕は目を瞠って驚いた。

死亡したはずの前妻が生きている。

出張報告によると事実はこうだ。

二年前、若い使用人との密通がバレて、秦氏は葉大人から離縁状を突きつけられた。秦氏の実家である秦家と葉家とが話し合い、事を荒立てずに示談の格好での離縁となった。

葉大人と秦氏のあいだには息子が一人ある。

息子を葉家に残して秦氏は実家に戻ったが、そもそも鼻つまみ者だった彼女に、兄弟たちは辛く当たったそうだ。唯一、庇ってくれたのが嫂だったが、この秋に急な病で死んでしまった。

嫂の葬儀に、何と秦氏は自分の棺桶《かんおけ》まで作らせて「義姉《ねえ》さんと一緒にあたしも死んだ」と慟哭《どうこく》したという。

「あ……もしかして、それで葉大人は〝秦氏は死んだ〟と？」

「はい。どうやら噂が間違って伝わったみたいですね。実際、秦氏はぴたりと大人しくなって、しばらくするとフイッと秦家を出たそうです。江南《こうなん》に遊学中の息子に会いにいったんだろうと、秦家の使用人が言ってました」

〝厄介払いできたんだから探すなと、旦那様から言いつけられてます〟

家中のものがこぞって秦氏を除《の》け者にする様子でしたと、玉梅が言った。

葉家に残された一人息子については、聞き込みで調べがついている。歳《とし》は十五で、葉宅の使用人が口をそろえて〝不良だ〟と貶《けな》していた。

「秦氏の末の弟が江南で商売をしてるそうで、葉大人が息子を預けたらしいです」

「離縁した妻の縁者に、跡取り息子を預けたの？」

妙だわ、と首を捻《ひね》るが、すぐに思い当たる。

……後妻が身重だ。

生まれてくる子にとっては異母兄が不在のほうが都合がいいんだわ、と葉家の内情を察した。

ともあれ犯人の目星はついた。

「偽幽鬼の正体は、おそらく秦氏」

胡桃菓子の二つ目をつまんだ玉梅が「あたしもそう思います」とうなずいた。

茉莉花茶に差し湯しつつ、許子游が口を差し挟む。

「幽鬼が生きていたとは残念ですが、事はがぜん〝猟奇《りょうき》事件〟の趣《おもむき》を呈してきましたね。我が子をないがしろにされて恨んだ前妻が、幽鬼に扮して身重の後妻を苛《さいな》んだわけです。つまり〝葉家の跡取りの座をめぐる恐ろしい謀略〟じゃないでしょうか?」

後妻の身にもしものことがあれば、秦氏の息子の立場は安泰だ。犯人の狙いは後妻で、茶荘の妨害は目眩ましでは?　と子游が推理する。

「〝後妻殺し〟を企んだとすると、歳末の京師を揺るがす大事件です。ちなみに僕は、怪異だけでなく猟奇も好みます」

すかさず玉梅が肩をすくめる。

「怖ぁい。眠れなくなりそぉ」

春燕は耳に残る偽幽鬼の声をジッと思い出す。

……狙いは本当にそれかしら?

子游が初めて官学生らしい意見を述べる。

「後妻殺害未遂となると人命事案ですから、捜査は女史諸君の手を離れることになりますね。葉大人が訴え出れば、すぐに捕役が秦氏を捕らえに走ります。いずれ府尹閣下《かっか》なり三《さん》法司《ほうし》なりが事件を裁くことでしょう」

肩の荷が下りますね、と。

胡桃菓子を一つ差し出されて、春燕は「結構です」と断った。

向かいに座る許子游をまっすぐに見る。

知識は豊富で口は達者だが、どこか真剣味に欠ける飄々とした風情。

同僚でも上役でもない彼から「さあ、どうします？　ここで勝負を降りますか？」と問われた気分になって、くちびるをキュッと噛んだ。

胡桃菓子が美味なのは想像がつく。口に含めばきっと、たちまち苦いことは忘れて幸せになれる。

でも、と考える。

〝悔しい……よくも、あたしを追い出してくれた〟

偽幽鬼の声が耳から離れない。

恨みがましい声色《こわいろ》から感じたのは、怒り、悔しさ……それからたぶん寂しさだ。まるで人殺しに遭って亡者となったものが、束の間この世を彷徨いながら、心からの無念を訴えるような。

……放ってはおけない。

グッと許子游を見据えて答えた。

「肩の荷は下ろせません」

「おや。なぜ？」

「知りたいからです。知りたいとは思いませんか？　秦氏の本心を」

きっぱり告げると、子游が目を丸くして「へえ」という顔をした。

パッと立ち上がって春燕は歩みだす。

「戻りましょ、玉梅。江女吏に今後のことを相談しなくちゃ」


まずは秦氏の生存について報告をする。

事件が女吏の担当になるにせよ、ならないにせよ、必ず最後まで見届けようと心に決めていく。

承天府に戻ると、江女吏頭は下役の仕事部屋にいた。

こちらに気づくと「いいところに来たわ」と手招きして、

「見せたいものがあって待っていたの。これよ」

差し出された書類束を受け取ると、訴訟の記録だ。

「これは、不受理案件ですか？」

綴《つづ》りのおもてに〝却下〟の判が押されている。支配下の県からまわされてきた書類らしい。

「老司馬から整理を頼まれたなかに、過去の不起訴事案の綴りがあったの。二年前のもので、中立人が秦氏だわ」

「秦氏？」

見ると確かに名前が記されている。

葉家に対して離縁の無効を申し立てる内容だ。夫の主張が理由が正当でないから調べてくれと、願い出たものだった。

〝姦通を理由に離縁を申し渡されたが、そもそも夫が人を雇って不貞を働かせるように仕向けたのではないか。離縁後に女給仕を後妻に迎えるための奸計《かんけい》に違いない〟

強い筆跡でそうしたためられている。

達筆だわと感じた瞬間、春燕は「あ」と思い出した。

……長春茶荘を中傷した貼り紙と筆跡が同じ。

玉梅が呆れた。

「でも結局、浮気は浮気ですよねぇ？」

江女吏も「ええ」とうなずくが、春燕はどうもすっきりしない。秦氏の不貞を咎めた葉大人の口ぶりからは嘘《うそ》を感じなかった。

「玉梅の調べで、実は秦氏が生きているとわかったんです」

「まあ」

江女吏が驚くところに、捕役たちがドカドカと靴音を立ててやって来た。

「おう。仕事の遅い女吏どもが机にかじりついて残業か？」

灯りの無駄遣いだ、などと言って嘲笑《あざわら》う。勤務を終えて退《ひ》けるところのようだ。

江女吏は黙って会釈し、玉梅は愛想笑いで受け流す。

先頭を来る牛捕頭と、春燕はカチンと目が合った。

フフンと鼻で笑われて、つい、

「他部署の仕事までまわされるので忙しくなるんです。いつも江女吏頭に書類を頼んでますよね？」

「フン、何が悪い。代わりに力仕事をまわしてやろうか？」

「結構です。いまある仕事で手一杯です。焚き火で魚を炙る暇もありません」

「何だとう？　ちょっと読み書きができるだけの小癪《こしゃく》な女どもが！」

バサッと乱暴に書類を引ったくって牛捕頭が咆《ほ》えた。

「こんなもの俺だってスラスラ読める！　よく聞け！　このたび、かんつうにより……りえん、もうし……ふ？　……はたらく……ん？　おい馬二よ、こいつはもしかして、あのときの騒ぎじゃないか？」

つかえつかえ読む途中、牛捕頭が弟分を呼びつけた。

馬捕役が訴状をのぞき込んでうなずく。

「そうです、兄貴。一昨年の春に京外で出くわした、あの件です。県の役所まえで中年女が〝離縁を引っ込めろ〟と騒いで、親戚連中が寄ってたかって打ちのめしてました。無理やり引っ張って連れていこうとするもんだから、服が脱げてみっともない有様だった。大暴れしながら〝どうして妻の不貞ばかり責めて、夫の不貞は知らんぷりなんだ〟と叫んで。〝ありゃあ女じゃないぜ〟と皆で笑いましたっけ」

チラと馬捕役がこちらを見るのは、牛捕頭相手に食ってかかったことへの嫌味に違いない。しかし春燕はそんなことより、秦氏に対する仕打ちのほうが胸にこたえる。

……大勢で打ちのめすなんて、何てひどい。

秦家のものが怒ったわけはわかる。せっかく病を理由に穏便に離縁させたのに、秦氏当人がわざわざ事を荒立てたのだ。

〝騒ぐな、みっともない〟

〝いいから黙っておけ〟

そう口々に諫《いさ》めたことだろう。それでも秦氏は引き下がらなかった。親族一同を敵にまわして訴えた秦氏の不満と、堪らず牛捕頭に刃向かった自分の気持ちとが、何やら胸のなかで入り混じる。

ドカドカと捕役たちが去っていく。

「すみません、女吏頭。黙っていられなくて」

「いいのよ。気持ちはわかるわ」

後片づけしながら江女吏が「今日はもう休んで」と言い、

「明日になったら老司馬に報告して、推官様におうかがいを立ててもらいましょう。葉家の事件を法廷で裁くかどうか」

春燕は「わかりました」とうなずくしかない。

九

翌日。

指示を待つあいだ、南城で普段どおりに仕事をした。

小さな揉め事が幾つかと、訴訟に関する相談が何件か。あとは貸間《かしま》や客桟《やど》をまわって人の入れ替わりを確かめる。

怪しいものがあれば兵馬司に報告し、ほかは日誌に書き留める。手配犯の人相書きを預かり、似た風体《ふうてい》のものがないかの聞き込みもした。

夕刻、わざわざ江女吏が知らせにやって来た。

老司馬が幽鬼事件についての指図を願い、推官がただちに決定を下した。

〝事件は茶荘の評判を傷つけただけで、怪我人や死人が出たわけでもない。よって穏便に、体よく、後腐れなく処理せよ〟との命令だ。

府庁に戻る江女吏と別れ、玉梅と二人で風雲酒楼に立ち寄った。

夜になり、見世物の講談がはじまっている。吹き抜けの店内の真ん中に演台が設けられて、取り囲むように客席が並ぶ。

蒸したての小籠包《ショウロンポウ》を一度に十個も頼んで、春燕は次から次へと口いっぱい頬張った。

「春燕さぁん。そんなにほっぺたを膨らませて食べると、捕役連中にまた悪口言われちゃいますよ？　〝猪女吏《ちょじょり》〟って笑われてるの、知ってます？」

「知ってる。たくさん食べてしっかり働くんだから、ちっとも恥ずかしくない」

「ちょっとは気にしたほうがいいですよ」

「今日は牛捕頭よりも老司馬と推官様に腹が立つ！　〝体よく、後腐れなく〟ですって？

二人とも保身のことばっかり。まとめて刻んで小籠包の具にして食べてやりたいっ」

「うわぁ、不味《まず》そぉ」

ホカホカと湯気を立てる熱々のところに刻み生姜をたっぷりのせて、酢醤油《すじょうゆ》をちょっとつけて口に放り込む。

肉汁がジュワと溢《あふ》れて上口蓋《うわこうがい》を火傷《やけど》する。

涙を滲《にじ》ませ、ハフハフ言いながら考えた。

上役の司馬検校も、そのまた上の推官も、あと少し待てば新任に交替だ。次の上司はもう少しマシでありますようにと心の底から祈る。

小さく開けた口で上手に小籠包を食べながら、玉梅が愚痴る。

「結局あたしたちが大変なだけですね。薄給なのに、ますます忙しくなって嫌になっちゃう。たまには思い切りお洒落して、ゆっくり買い物したり、芝居を観に出かけたりしたいのにぃ」

そう思いませんか？　と訊かれても、春燕はプリプリ怒るのに忙しい。

「あーあ、こんなんじゃ玉の輿が遠ざかるばっかりです。あたしはまだ肌のお手入れや爪を染めるのに気を遣ってますけど、春燕さんの休日っていったらひどいもんですよね？　ほとんど洗濯と寝溜めで終わってますもん。よくてせいぜい特大饅頭を食べながら艶情小説を読み耽《ふけ》るとか？」

　仕事に嫁いだみたいで悲劇です、と玉梅。

　聞き流して春燕はつぶやく。

「だけど……秦氏にとってはよかったのかしら？」

　推官が正式に事件を取り上げ、法廷で秦氏を裁けば、葉家や秦家のものが押しかけて口々に彼女を責めるだろう。弁明の機会もろくに与えられず、罪人と決めつけられて重く罰せられたかもしれない。

〝謀《はか》リテ人《ひと》ヲ殺《ころ》スモノハ斬《ざん》ス。若《も》シ傷《きず》ツケテ死《し》ナズンバ、企《くわだ》テシモノハ絞《こう》ス〟

　法律にはそのように定められている。

　人を殺せば死罪。殺そうとして傷つけただけでも死罪だ。

「脅すだけのつもりだった」と抗弁しても、葉家の親族が「幽鬼に脅されたせいで後妻のお産が重くなった。殺人を企んだに違いない」と主張すれば、秦氏は縛り首になりかねない。

　裁きの場では、しばしば声の大きいもの、金を使って証人を多く立てられるものが勝訴する。女吏になって以来、不公平な裁判を幾つも見た。

　フウフウと小籠包を冷ましつつ玉梅が言う。

「〝後腐れなく〟って難しいですよねぇ？　葉宅も長春茶荘も、実際被害に遭ってるわけですし」

「ええ。葉大人も最初は幽鬼のことを秘密にしたけど、いまは使用人に夜まわりをさせて警戒してる。茶荘のお客は減ったまま戻らない……」

いずれにせよ犯人を捕らえなくては。

「秦氏を捜し出しましょう。そうしないと事件は終わらない。話に聞いた性格からして、彼女がここでやめるとは思えない。長春茶荘の悪評もどうにかできないかしら？」

時が経てば噂はやむだろう。しかし、いまは歳末のかき入れ時だ。茶荘の人気を取り戻せないものかと春燕は頭を悩ませる。

店内では講談の名調子に客が喝采《かっさい》を送っている。

講談は庶民に人気の娯楽だ。道端で聞かせるのもあれば常打《じょうう》ち小屋もあり、評判の語りには朝早くから観客が詰めかける。

話本《わほん》の一回分を演じて一両も稼ぐ講談師がいる。予約は十日も前から埋まってしまう。酒楼や茶館でお抱えを雇い、食事客に聞かせる趣向もおおいに流行っている。史話、英雄譚《たん》、艶物《つやもの》、裁判物等々……演目も多彩で、人々は贔屓の講談師や、その日の気分に合わせてあちこち聞き歩く。

風雲酒楼の今宵《こよい》の出し物は豪傑の活躍譚で、先ほどから講談師がしきりに扇子《せんす》を振って見せ場を語っていた。

となりの卓の客が、しみじみ感想を述べる。

「日ごろの贔屓は演楽《えんがく》胡同近くの二郎廟《じろうびょう》の小屋ですが、こちらの語りもなかなか聞き応えがありますねぇ。そう思いませんか？　ねえ、鬼女吏どの」

同意を求められて、春燕はキッと振り返る。

「あいにく楽しむ余裕がありません。許秀才は、どうぞ思う存分聞き惚《ほ》れてください」

隣席で講談を楽しむのは許子游だ。

玉梅と夕飯を食べていたところに、あとからふらりとやって来た。

連れもなく、一人きりでの夕食らしい。餡かけ麺をズルズルすすっている。

風雲酒楼主人によれば〝食い逃げ〟の翌日、きちんと礼を尽くして謝りにきたそうだ。

いつの間にやら酒楼の常連になった子游が、講談に合わせて首を振りながら、

「豪傑譚もいいですが、できれば怪談をやってほしいですねぇ」

「年末に怪談は客受けが悪いと思います」

「そうは言っても僕は年がら年中、幽霊だの化け物だのの話が聞きたいんです。怪異趣味はいわば僕の本分です」

「食い逃げを疑われた店に好んで通う客があるという怪談を、ご自身で演じてらっしゃるじゃないですか」

「おう！　うまいことを言いますねぇ。話本《わほん》作家顔負けです。事件解決の筋書きも上手に書けそうです」

「もしかして皮肉でしょうか？」

「とんでもない。本心ですとも」

ニッコリ笑むのを横目で睨み、春燕は立てつづけに小籠包を口に詰める。こちらは名案が浮かばず焦っているのに、となりでヘラヘラ楽しそうにしているのが何だか憎らしい。

講談はいよいよ山場で、豪傑が悪人どもをやり込める場面。

痛快な活躍も春燕の耳には入らない。

考えごとをしながらだと食事の味がわからない。せっかくの小籠包も何だか石を嚙むようで、まったく食べた気がしない。

もったいないと思いながらゴクンと飲み込み、ポソとこぼす。

「悪者をやっつける腕力や、危機を乗り切る知恵が、わたしにもあればいいのに。講談の主人公みたいに……」

公案物の名裁判官のように、弱者を救って悪人を罰せられたらいいのにと、誰へともなくつぶやいた。

偽幽鬼の声がいまも耳に谺《こだま》して消えない。

秦氏に会って、言い分を聞きたい。その上で、事を法廷に持ち込まずに一件落着させる。体よく、かつ、後腐れなく……そんなうまい手が果たしてあるだろうか？

悩み悩み頬張っていると「ウッ」と喉《のど》につっかえた。

「もう、春燕さんったらぁ」

パンパンと玉梅に背中をはたかれる。

冷めた茶をがぶ飲みして胸を叩くところに、

「怪《かい》を制するには怪をもってす、というのはいかがです？」

唐突に子游が言った。

え？　と顔を上げると喉のつかえが楽になる。

逸《はや》る気持ちで春燕は訊く。

「怪を、怪で……それってどういうことですか？」

子游が「オホン」と、もったいぶって咳《せき》をした。

「よい詩を作るためには〝起承転結〟の心得というものがあります。人の心をとらえる芸には秘訣があるんです。思うに、事件解決にも応用できるんじゃないかと」

「きしょう、てんけつ？」

詩作と言われてピンと来ないが、とにかくいまは知恵が必要だ。

とうてい〝切れ者〟には見えないが、許子游は仮にも官学生である。薄青色の制服をまとって最高学府に学ぶからには、人より頭脳が優れているに違いない。

藁《わら》をもつかむ思いで春燕は身を乗りだす。

「教えてください、ぜひ！」

頼むと、相手が「いいでしょう」とうなずいた。

「たまたま僕は事件の発端に居合わせました。食い逃げ容疑で捕まったところに、葉大人が依頼に来たんです。あれがつまり、この事件の〝起句《きく》〟でした。その後、あなたがたはしかるべき捜査をし、原因だの事情だのが明らかになってきた。そこのところを〝承句《しょうく》〟に見立てると、いまから取りかかるべきは〝転句《てんく》〟です」

「転句……」

「詩作において〝転句は鮮やかに変化し、驚愕《きょうがく》させよ〟と教えます」

子游がやおら箸《はし》を取って、カン！　と机を打った。

折しも講談師の聞かせどころで、ワアッと酒楼の客が喝采する。

春燕は講談よりも子游の講義に集中する。

「変化して、驚愕させる。いったいどうすれば？」

「一種の離《はな》れ業《わざ》を使うんです。幸い長春茶荘は噂の的です。客足は遠のいたものの、人々は葉家の話題に敏感になっている。あえてそこを狙うのはどうでしょう。つまり……〝出た〟ことにするんです」

十

翌日。長春茶荘門前で、賑やかに呼び込みが行われた。

「さあさあ、寄っていらっしゃい！　聞いていらっしゃい！　聞かなきゃ京師の流行りに乗り遅れます。皆さんご存じの某家に降りかかった一大事！　大きな声じゃ言えない幽鬼事件……その顛末《てんまつ》を講談に仕立てて語りましょう。題して『幽鬼合戦』。さあ皆さん、お聞きなさい！」

刷《す》りたての宣伝が貼り出され、童僕《どうぼく》が道行く人に案内状を撒《ま》く。急ごしらえの幟《のぼり》が華やかに立って買い物客の目を惹いた。

「へえ、講談だって？　醜聞《しゅうぶん》を逆手《さかて》に取るとは粋《いき》なもんだ」

「面白そうだ。語るのはどこの師匠かね？」

演目に合わせて甜品師が新作菓子を作る。試食用に切ったのを、給仕が店頭ですすめてまわる。

「お味見をどうぞ。縁起のいい御札を象《かたど》る山査子餅《さんざしもち》でございます。お茶をご注文のかたは、ただいま無料でお召し上がりいただけます」

日ごろは席料の高い二階へも、どんどん客を入れる。

最初は遠巻きに様子をうかがっていたものも、しだいにすすんで入りだした。

人出の多い歳末なので、たまたま見かけたものが知らないものに告げ、瞬《また》く間に噂が街を駆ける。

「お聞きになりまして？　長春茶荘が講談をはじめたそうよ」

「『幽鬼合戦』ってどんな話かしら。ちょっと出かけてみない？」

陳年茶《ちんねんちゃ》が惜しげもなくふるまわれ、紅《べに》で〝幽鬼退散、新年招福〟と押された山査子餅が次から次へと運ばれた。

『幽鬼合戦』を語るのは、風雲酒楼から借りられた講談師。

「〝皆様ご存じのとおり、某家に恐ろしい幽鬼があらわれました。この幽鬼、正体は何と某家主人の死んだ前妻でございます。主人と後妻があんまり仲睦まじいのに嫉妬《しっと》して、冥府《めいふ》から引き返してきたのでございます。とすると、さぞかし主人は美男だろうと思いきや、それほどでもないのが色恋の不思議……〟」

軽妙な口調で幽鬼事件を面白おかしく聞かせる。

「〝歳末に亡者は縁起が悪いので、またたく間に茶荘は閑古鳥。二年も前に別れた妻にいまさら祟られるとは……弱った主人を見るに見かねたのが、何と十年も前に死んだ彼のご母堂《ぼどう》だ。『けしからん嫁だ』と怒って、姑《しゅうとめ》の幽鬼が腕まくりで化けて出たから、さあ大変！〟」

滑稽な台本を徹夜で書き上げたのは、許子游。

前妻の幽鬼と姑の幽鬼が組んずほぐれつ大喧嘩を繰り広げる段では、客が腹を抱えて大笑いした。

幽鬼同士の喧嘩に決着がつかず、某家主人が困り果てるところへ、重々しく土地神《とちがみ》が登場し、

『新年も近いというのに、いつまでも見苦しく争うものではない。双方ともいい加減にせよ』

叱られて幽鬼二名はめでたく退散し、平穏が訪れるという大団円の結末だ。

「面白かった！　また聞きにこよう」

「お茶もお菓子も美味しいわ。やっぱり長春茶荘は京師一の茶館ね」

噂を聞いたものが代わる代わるに押しかけ、皆が満足して茶荘をあとにする。

「お運びいただき、ありがとうございました。またのお越しをお待ちしております」

春燕は給仕姿で店のまえ。

客を送り出しつつ、店頭に群れる人々に目を凝らす。

……秦氏はどこ?

きっとどこからか見ていると信じていた。

甜品師の妙技に見とれるもののなかには、それらしい姿はない。買い物ついでにぶらぶらと冷やかす客も違うようだ。

向こう側では童僕に化けた玉梅が見張っている。

〝見つけた?〟

〝まだです〟

合図を送って確かめる。

やがて一人の物乞いがやって来た。

背を屈め、古びた着物を羽織って、髪は乱れ放題。フラフラと覚束ない足取りで来て、甜品師に見とれる娘にドンと突き当たった。

「キャッ。痛いじゃないの。気味が悪いわ、あっちへ行って!」

「すみませんねぇ、お嬢さん……」

腰を折って謝るフリで茶荘を鋭く睨んだ。

……見つけた！

秦氏だわ、と春燕は見破った。

気取られないように人相をうかがうと、燈籠の灯りに物乞いの顔が浮かび上がる。

大きな目。鷲鼻。口もとのホクロ。

間違いないと確かめた。けれど、いまは追わない。繁華な街路で捕らえては、事件が公《おおやけ》になって法廷に持ち込まれる。

物乞いがスウッと人混みに紛れた。

玉梅が急いで駆けてきて、

「いまの、そうでしたよね？」

「ええ、間違いない。葉宅のほうへ向かったわ」

うまくいった、と目を見合わせた。

〝怪をもって怪を制す〟

許子游の奇策によって長春茶荘は人気を取り戻し、併せて秦氏をおびき寄せた。

いよいよ偽幽鬼を捕らえる。

「葉大人に頼んで夜まわりをやめてもらったわ。使用人たちには早く休むように言いつけてくれる」

「つまり〝出る〟なら今夜、ってことですね?」

茶荘の賑わいぶりを目にした秦氏は、おそらくふたたび葉宅を狙う。

「行きましょう、玉梅」

承天府に戻って深夜の捕《と》り物《もの》に備えた。

今晩は江女吏も作戦に加わる。女吏三名に加えて捕《と》り手《て》がもう一人。

「起きてください、許秀才」

机に突っ伏して鼾《いびき》をかいている許子游を、春燕はグラグラと揺さぶった。

涎《よだれ》を拭き拭き子游が顔を上げる。女吏舎に泊まり込んで台本を書き上げ、昼には寝たというのに、まだ眠りこけている。

「うぅーん……なかなか目が覚めません。徹夜で名作を仕上げたんですから、好きなだけ寝かせてくださいよ」

「いけません。そろそろ出ないと間に合いません」

ゴト、と頭を机に戻すのを、春燕は「えい」と引き起こした。

「起承転結の〝転〟まで来たんですから、最後の〝結〟まで面倒を見てください。肝心《かんじん》の山場を見逃していいんですか？」

「睡眠不足と空腹で動けません。体力が底をつきました……」

「体力はなくても気力があるはずです。幽鬼を追ったと教えたら〝その場に居合わせたかった〟と悔しがってたじゃないですか」

「〝幽鬼話に首を突っ込むな〟と叱ったのは、女吏どのです」

「不真面目な気持ちで関わらなければいいと思います。怪異趣味は許秀才の本分でしょう？」

「幽鬼は好きですが、生きた人間は生臭くて苦手なんです。ついでに申し上げると、腕力と脚力にはまったく自信がありません。得意分野は読書と書きものと考えごとだけですから、捕り物は女吏どのにおまかせします」

おやすみなさい、と目をつぶろうとする子游の鼻先に、春燕は握ったものをグッと差し出した。

「これをさし上げますから。さあ！」

仰ぎ見て子游が目を丸くした。

目が覚めるほど紅《あか》い山査子飴だ。

六つ並んで串に刺さった山査子の実は大きく、粒ぞろいで、薄くパリッとかかった飴の具合もちょうどいい。

つやつや光る飴越しに、春燕は相手をまっすぐ見て、

「京師で一番美味しい店のを買ってきました。これを食べて元気を出して、一緒に行きましょう。手伝ってください、許秀才。あなたが必要なんです！」

お願いします、と。

きっぱり告げると、子游が虚《きょ》を衝《つ》かれた顔をした。

いつも飄々として、気楽そうで、どこか真剣味の足りない官学生。

そんな彼の瞳が、眼鏡の奥でチカと輝いたように春燕は思う。

「はあ……」

とぼけた声で子游が「はあ」と言い、

「好物で釣られては抗《あらが》えません。それでは出かけましょう」

十一

男子禁制の女吏舎から子游を連れてそっと出た。

「こっちへ、早く。姿勢を低くして」

「待ってください。そんなに早く走れません……」

暗い夜道を葉宅へと向かう。

夜警に見つかっては面倒なので、江女吏頭と玉梅、春燕と許子游の二手に分かれて行った。

走る春燕のあとを、子游がフウフウ言いながらついてくる。

昼のうちに葉宅を訪れ、家宰に確かめた。

『もしかして裏庭に出入り口がありますか？』

『ええ、むかし庭石を運び入れるために作ったくぐり戸が残っています。使うことがないので茂みに隠れて目立ちません。使用人でも知るものは少ないと思います』

どうしてそれを？　と訝《いぶか》しむ家宰に、人がくぐれそうか確かめ「はい」と言うので確信した。

……秦氏はそこを通って出入りしたんだわ。

すばやく逃げられたのは、宅内を熟知する女主人だったたから。

家宰に葉宅の見取り図を描いてもらって、秦氏捕縛の作戦を練った。府庁へ帰ろうと通用口を出たところで女召使いと鉢合わせ、聞き込みの際に話をしなかったものだと気がついた。

『よければ聞かせてもらえませんか？　前の奥様と、それからいまの奥方について』

頼むと、迷ったあげく女召使いが口を開いた。

『秦奥様は厳しいかたでしたけど、道理の通らないことはおっしゃいませんでした。曲がったことがお嫌いで、使用人同士が喧嘩をしても、両方の言い分をきちんと聞いてくださいました。古株が新入りを虐めると、ちゃんと古株のほうを叱ってくれたんです。あたしは秦奥様のほうが好きでした……』

それに引き換え、後妻は依怙《えこ》贔屓が激しく、おべっかを使うものばかり可愛《かわい》がる。問題が起きても話をろくに聞かず、機嫌しだいで人を罰する。

『秦奥様がいなくなって、以前からの使用人がだいぶ辞めました。残ったものと新しく雇われたものは、みんな新しい奥様の味方です。このあいだお役人様が来たときも、みんなに銭を握らせて、秦奥様の悪口を言えと命令したんです』

あの女は性悪です、と吐き捨てた。

家宰と話していたところに初めて後妻が姿を見せた。

ふっくらと色白で愛嬌のある顔立ち。もとは給仕として働いていたのを、葉大人が惚れ込んで、最初は愛人にしたという。

目もとに手巾を当てつつ近寄ってきて、

『恐ろしくて参ってますの。どうぞお助けください』

上目遣いにこちらをうかがい、チラと値踏みする視線をよこした。

「幽鬼を懲らしめてください」とすがりつかれたが、血色がよく、手も温かく、化粧も念入りだと不審に感じたのだった。

夜警を避けて小道を曲がり、葉宅に着く。

見張りがないので屋敷は静まり返っている。

江女吏、玉梅と落ち合って、裏庭のくぐり戸を抜けて入った。

暗がりで子游が、ゴツ、と木の枝に頭をぶつけて、

「くうぅ」

立ち尽くすの袖を引っ張り、春燕は「こっちです」と導く。

厨房裏手で家宰が待っている。

「お入りください。旦那様は書斎においでです。奥様は客房のほうに避難なさっていらっしゃいます」

作戦どおりに分かれて持ち場についた。

江女吏は書斎につづく廊下の入り口。玉梅は使用人部屋との境の小部屋。許子游はもっとも安全そうな中庭への出口。

春燕は奥方に扮して寝所に潜む。

夜が更け、しだいに風が強く吹きだした。

ひゅう、ひゅうう、と風が鳴り、戸や窓がガタゴト揺れる。

不気味な気配が漂うなか、刻一刻と時が過ぎる。

布団を被り、ジッと息を潜めて春燕は待つ。

……秦氏は必ず来る。

曲がったことを嫌う強気な性格だ。貶めたはずの長春茶荘が人気を盛り返すのを見て、黙っているとは思えない。葉大人に、もしくは後妻に、恨みを告げにもう一度あらわれるに違いない。

ドォン、と時を告げる太鼓が遠く鳴り響く。

ガタガタッと激しく窓が揺れた。

やがて、ひた、とかすかな足音がして、寝所の入り口に人影が差す。

地を這うような声音で、

「悔しい……よくも……」

聞こえたとたん、春燕は布団をはね上げて寝台から飛び出した。

「秦氏！」

髪を乱した偽幽鬼。
秦氏が「アッ」と言って身を翻した。
逃げる。
春燕はあとを追う。
衣をバサッと投げつけ、秦氏が走る。
「待ちなさい！　待って！」
物置部屋。
客房。
書庫。
宅内を自在に逃げまわるので、なかなか捕らえられない。
粘り強く追いかけ、狭い廊下へと追い詰めて、
……左に曲がれば女吏頭がいる。右へ行けば玉梅と挟み撃ち。
どっち？　と追い上げるところで、秦氏が正面に向かって駆けた。
中庭への出口。
秦氏がダダッと走り出る。
春燕は叫ぶ。

「とめてください！　許秀才！」

石灯籠《いしどうろう》の灯りが、ぼう、ともるなか、へっぴり腰で庭石の陰から飛び出る許子游が見えた。

「待てぇ」

腕を広げて子游が立ちふさがる。

秦氏が突進し、ガツッと二人がぶち当たった。

「ヒッ」

「うぎゃ！」

悲鳴とともに秦氏が転がり、子游が弾き飛ばされる。

「許秀才っ」

あとから江女吏と玉梅が走り出してきた。

「怪我はない？　春燕」

「わぁ。食い逃げさん、おでこから血が出てるぅ」

派手に転倒した子游は気絶寸前。

「大丈夫ですか！」

「うぅ……僕には構わず……はん、にんを……」

「わかりました。玉梅、許秀才をお願い」

昏倒する子游を玉梅に託して、春燕は秦氏を捕縛した。

家宰と葉大人もあらわれた。

玉砂利《たまじゃり》に座り込む秦氏に向かって、葉大人が手を振り上げた。彼女が存命であることを事前に知らせてあった。

「このっ、恥さらし者が！」

ビュッと打とうとする葉大人を、春燕はとっさに突きのけた。

「やめてくださいっ」

「何だ？　なぜとめる？　打って何が悪い。打たないほうがおかしいだろう！」

身重の妻を悩ませ、茶荘にも多大な損害を与えた。叩いて何が悪いのだと葉大人が憤慨《ふんがい》する。

もっともだとうなずき、突きのけたことを詫《わ》びてから、

「それでもやめてください。どうかお願いします」

手を束《つか》ねて春燕は懇願した。

使用人たちがぞろぞろと起きてきた。

「あれは秦奥様じゃないか？」「生きてるぞ」と真夜中の庭がざわめく。

柱の陰で後妻が様子をうかがっていた。

秦氏が傲然《ごうぜん》と胸を張った。

「打ちたいなら打てばいい！」

灯りに顔を晒《さら》して、そう言った。

「恥さらしと言ったが、あたしは一つも恥ずかしいことなんかない。色仕掛けに迷った夫を見限って美男と遊んだことも。死んだフリで恨みを言いにきたことも。商いの邪魔をしたことも、胸を張って〝あたしがやりました〟と言える！」

ピシリと打つような口調で宣言した。

迫力に気圧《けお》されて皆が押し黙った。

春燕も一瞬あっけにとられたが、ハッと気を取り直す。

怒りに震える葉大人が「即刻、訴える」と言いだすのへ、

「待ってください。とにかく事情を聞かせてください。訴えるにしても取り調べが終わったあとに。このとおり〝幽鬼〟は捕らえたので、今後同じ災いが降りかかることはありません。事を荒立てると、かえって葉家の損になりかねません」

事が世間に知れ渡る。せっかく茶荘の人気が回復したところで、ふたたび商いに打撃を与えかねない、と。

諭《さと》すと、葉大人が「ぐぅ」と黙り込んだ。

春燕は秦氏を振り返る。

爛々《らんらん》と燃える目でこちらを睨んでいる。

「女吏の王春燕といいます。あなたの話を聞かせてください」

十二

昏倒した許子游は、葉家出入りの医師の手当てを受けた。

春燕たちは秦氏を捕らえて承天府に戻った。老司馬には知らせず、女吏舎に連れていった。

髪を結い直した秦氏は、年相応に衰《おとろ》えてはいるものの、目鼻立ちのくっきりと濃い、なかなかの美人だった。

開口一番、彼女が言った。

「首を斬《き》られたって、あたしは謝らない！」

瞳に敵意を燃やし、初めは頑《かたく》なに口を閉ざした。

春燕たちは代わる代わるなだめ、話を聞こうと辛抱強く水を向けた。

「どうか事情を打ち明けてください」

「黙ってちゃ、わかりませんよぉ」

「幽鬼に化けてまで葉宅を訪れたのは、どうしても訴えたいことがあったからだと思います。このままだと葉大人や秦家の言い分だけが通ってしまいます。贔屓や忖度《そんたく》をしないで公平に話を聞くのが、わたしたち女吏の仕事です。いえ、仕事じゃなくて……わたしは、あなたの気持ちが知りたいんです」

　辛抱強く待つと、やがてポツと秦氏がこぼした。

「悲しかった……」

　噛み締めていたくちびるを緩め、反らしていた背を屈めて、まるで盥《たらい》の水を逆さにあけるかのようにして打ち明けた。

　一人で事件を起こした。仲間や手引きしたものはない。

　夫婦仲はもともと悪くなかったが、自分が茶荘の経営を助けるようになって、しだいに疎《うと》まれだした。夫は優しくて人当たりがいいが、ひどく体面を気にかける。商売に必要な厳しさや機知に欠けるので、夫婦で助け合えばいいと思ったが、妻がおもてに出るのを嫌がった。

　不満を溜めた夫に、女給仕がすり寄った。

世辞を言い、しなだれかかって「あたしなら女らしく旦那様を立てるのに」と口説き落とした。

「そんなに好きなら妾《しょう》にすればいい、とすすめました。でも女が〝奥様に虐められるから嫌です〟と泣いたらしい。いま思えば、初めから後妻にするつもりだったのかもしれません」

そうこうするうち、屋敷で雇う厨師《ちゅうし》が自分に言い寄るようになった。

美男で、若くて、夫とは違う魅力があった。

夫には可愛がる女がいる。自分は厳しいから家中のものに懐《なつ》かれない。

心に隙ができたところに厨師がするりと入り込んだ。

「久しぶりに抱き締められて、正直〝ああ、幸せだ〟と思いました。色男に優しくされて嬉しくないわけがない。だから夫に踏み込まれても〝当たり前のことだ。何が悪い〟と動じなかった。慌てたのは、翌日に厨師が消えたときでした」

別れの言葉の一つもなく、荷物をまとめて行方をくらました。家宰に訊くと「以前から、金ができたら田舎に帰ると言っていた」とのことだった。

「ピンと来ました。夫が仕組んだことだったんだと。あたしを離縁して、女給仕を後妻に据える計画だったんです。わかったあとは悔しくて、悔しくて……むかし夫を〝いい人〟

だと思ったことも。子供ができて嬉しかったことも。商売を手伝って、茶荘を人気店に押し上げたことも。若い女に気移りしても許したことも。嫁いできてからの、あたしの時間と心を、全部いっぺんに踏みにじられたようで……」

ただただ悔しくて、悲しかった。

そう言って秦氏が初めて泣いた。

かける言葉がなくて春燕は黙っていた。

江女吏が部屋を出ていき、ほどなく酒瓶を手に戻ってきた。

「茶碗を出してちょうだい」

酒を注いで渡すと、秦氏が一気に飲んだ。

目を拭い、鼻をすすって、注がれるままに何杯か飲み、やがて息子の自慢をしはじめた。

「美男ですよ。優しくて、一本気で……いまは江南で暮らしてます。末の弟のところで商いを勉強してるんです。賭場《とば》に出入りして勘当されかけたと聞きましたけど、葉家を出るなら出るでいいと、あたしは思ってます。もう十五歳で、いっぱしの男ですからね。〝鉄《てっ》棍《こん》〟なんて威勢のいい綽名をつけられてるそうですよ」

会いたいとこぼして、おいおい泣いた。

秦氏の背中を撫でながら、春燕は告げるかどうか迷っていたことを胸にしまうと決めた。

『見たんです……』

声をひそめて打ち明けたのは、葉宅の女召使いだった。

『秦奥様のお相手だった厨師……あの男が葉家を出るとき、いまの奥方がそっと金包みを渡してました。旦那様のお手つきになる前は、厨師といい仲だったんです。前の男をうまく使って、秦奥様を誘惑させたに決まってます』

秦氏の息子が葉宅を出ることになったのも、彼女の計略に違いないと言っていた。

そっと裏で糸を引いたのは葉大人ではなく後妻。賢いはずの秦氏が、そのことに気づかない。

なぜだろう、と考えて、

……恨みがひたすら葉大人に向かうのは、実はそれだけ愛してたからじゃないかしら？

夫のことを〝いい人〟だと思ったと、秦氏は言った。

悪巧みしたのは後妻だといまさら教えて、彼女の心が癒えるとは思えない。壊れた夫婦の仲がもとに戻るわけでもない。

「男って、ほんと馬鹿ですよねぇ」

玉梅が言った。

「若い娘ってだけでニヤニヤするし、舌足らずにしゃべるだけでホイホイその気になるんですもん」

江女吏も苦笑する。

「たいがい従順で頼りない女が好きなのよね」

秦氏が「フン！」と鼻を鳴らして、手酌《てじゃく》で茶碗になみなみ注いだ。まるで講談師が見せる豪傑の身ぶりだ。

「強い女が好きだって言う男は、軟弱で意気地がないんです。しっかり者を好いてくれる、いい男なんてないの！　そういうもんよ。仕方がない！」

グイ、とあおって言い切った。

酒瓶はやがてからになり、明け方近くには秦氏の酔いも覚めた。

最後に春燕は、あらたまって訊いた。

「教えてください。あなたは奥方を殺そうと思って葉宅に侵入しましたか？」

秦氏がきっぱりうなずいた。

「はい。思いました」

後妻を殺す気があった。

潔《いさぎよ》い返事を聞いて春燕は、すう、と息を呑《の》む。

〝若《も》シ傷《きず》ツケテ死《し》ナズンバ、企《くわだ》テシモノハ絞《こう》ス〟

もし殺人に到らなかったとしても、人を殺そうと企んだものは縛り首だと法に定められている。

秦氏の答えを言葉どおりに受け取って、葉大人が役所に訴えたなら秦氏は絞首刑だ。

けれど、果たしてそれで罪と罰とが釣り合うだろうか。

死罪という重たい刑が、今回の犯罪に見合うとはどうしても思えない。秦氏を極悪人だと決めつけるなら、葉大人や後妻、葉家と秦家の人々にはまったく非がなかったのか。

……何とかならないかしら。ううん、何とかしたい！

覚悟を決めた様子の秦氏を見つめて、春燕は一計を案じる。

十三

後日。

十二月《臘月》も半ばを過ぎて、京師はますます賑わいを見せている。

正月飾りを求めるもの、祝い菓子を買うもの、晴れ着を借りるもの。買い物客と店の呼び込みが一緒くたになって、繁華な街路はごった返している。

昨夜は雨が激しく降ったが、明け方になってさっぱりやんだ。

茶荘二階の上席で、春燕はまだ湿り気を含む午前の空気を胸いっぱいに吸い込んだ。薄紅色の襟が面映《おもは》ゆい。手を動かすたびに橙《だいだい》の袖が揺れ、うつむくと髪飾りがチリリと音を立てる。

見下ろす先に歳末の雑踏がある。高いところから道行く人を眺める日が、こんなに早く訪れるとは思わなかった。

憧れの長春茶荘である。

「春燕さんたら、何度うっとりすれば気がすむんですかぁ?」

向かいには玉梅が座っている。凝った形に髪を結い、蝶々《ちょうちょう》の飾りを挿している。紅く染めた爪で付け袖を弄《もてあそ》び、喫茶の合間に少年給仕に愛想を送る。

幽鬼事件解決の礼にと、葉大人が招待してくれた。

どれだけ上等の茶を飲もうが、好みの菓子を幾つ食べようが、いっさい無料。

「どんどん飲んで、どんどん食べないと。さあ、次はどのお茶にします?」

玉梅が給仕を招くが、春燕はボウッとして胸がいっぱいだ。いつかきっと、と夢見ていた場所で茶を喫している。

「ここにこうやって座ってるだけで幸せ……」

菓子の甘みで体がとろけそうである。

大事に味わう蓮花酥《れんかそ》は淡い乳白色で、繊細に開いた花弁の先だけほんのり紅色。たったいま夏の蓮池《はすいけ》から摘んできたような可憐《かれん》な見た目で、なかにコクのある蓮《はす》の実餡《みあん》が詰まった揚げ菓子だ。上等の緑茶と相性がいい。少しずつ大切に口に入れるので、まだ半分ほどしか食べていない。

玉梅の注文した餅菓子を、わざわざ甜品師が運んできてくれる。

「薔薇茶《ばらちゃ》もおすすめします。同じく薔薇の花を使った焼き菓子の長春酥《ちょうしゅんそ》あたりと一緒にぜひお召し上がりください」

親切にすすめてくれるのへ「同僚へのお土産に、お菓子を包んでください」と頼んでおいた。江女吏は仕事が終わらないからと府庁に残っている。

講談『幽鬼合戦』は、五日目で打ち切りとなった。

長春茶荘はすっかりもとの賑わいを取り戻している。

厨房へ下りていく甜品師の後ろ姿を見やって、春燕は秦氏との別れを思い出す。

秦氏は京師を去った。

江南にいる息子のところへ行くと言っていた。

騒動翌日、春燕は憤《いきどお》りのおさまらない葉大人を訪ねた。

『絶対に訴えます！　タダじゃおかない。体面が傷つこうが茶荘の評判が落ちようが、もう構わない！』

日ごろの温厚さはどこへやら。秦氏を罰さなければ気がすまないといきり立つ葉大人に、捜査結果を記した書類を見せた。

葉宅の女召使いの証言に加えて、営まれる茶館の厨師、甜品師、給仕らの話したことも書き添えた。秦氏を陥《おとしい》れようと後妻が策《さく》を弄《ろう》したことは明らかで、書類を読んだ葉大人は長いこと沈黙した。

葉家の使用人たちとは違って、茶館で働くものは口をそろえて「商才のある女主人だった」と秦氏を褒めた。彼女が去ったあとに、あからさまに売上が落ちた店舗もあるそうだ。長春茶荘の甜品師は、よそで下働きばかりさせられていたのを秦氏が引き抜いた。娘客が群れる厨房を考案したのも秦氏で「いまの自分があるのは秦奥様のおかげです」と証言した。

困り顔の葉大人に春燕は問うた。

『お裁きの場に出れば、事件の詳細をすべて明らかにしなければいけません。証人たちは一人残らず法廷に呼ばれて、書類に書かれたことも公になります。野次馬も大勢詰めかけると思います。どうしますか？』

後妻のお腹には、もうじき生まれる赤児がいる。

秦氏の罪を暴けば、後妻の悪巧みも明らかになる。

法律には〝姦通をそそのかす罪〟が定められている。

葉大人が「ぐう」と唸《うな》った。

しばらく考えたあげく、

『訴訟は……起こさない』

聞こえるか聞こえないかの声でそう言った。

捜査結果を取りまとめて、最後は江女吏が老司馬に報告した。

『事の顚末《てんまつ》は以上です。「殺すつもりがあったか？」と質《ただ》したところ、前妻は「はい。取り、い、い、い、り殺してやるつもりでした」と返答しました。よって南城正西坊女吏班は犯人を幽鬼とみなし、本件は〝葉家親族の怪奇的妄想によって引き起こされた、家中の騒動であった〟と報告いたします』

いかがでしょう？　と訊ねると、老司馬が満足げにうなずいた。

穏便に、体よく、後腐れなくの命令どおりに収まって一件落着。そそくさと書類を受け取り「これなら推官様のお気に召す」とほくそ笑んで、足どり軽く上官のもとへ向かったという。

客桟に泊まっていた秦氏に無罪を知らせると、

「ありがとう。何だか胸がスッとした」

まるで憑《つ》き物が落ちたような、さっぱりした顔をした。

「江南へ行きます。ほかの兄弟は意地悪ですが、末の弟だけはあたしに優しい。息子に会いに行きます」

旅立つ彼女を見送った。

新たな道を歩んでほしいと励まし、長春茶荘の甜品師から「秦奥様に」と託された菓子包みを手渡した。〝開運招福〟と紅字で押した山査子餅を、秦氏が嬉しそうに受け取った。

さばさばした足どりで歩きだすのへ手を振りながら、ふと、

……もしかしたら〝幽鬼〟の本当の望みは、恨みを晴らすことじゃなくて、苦しい胸のうちを親身になって聞いてもらうことだったんじゃないかしら？

そんなふうに春燕は考えた。

表立って勇ましく働く女を、世間は奇異に見る。

秦氏のように商才に恵まれていても、悔しさを胸に溜めながらでないと存分に力を振るえない。成果を上げれば〝出すぎた真似だ〟と咎められ、しくじると〝女だから〟と軽んじられる。

秦氏が味わわされたであろう窮屈さと、女吏として働く自分たちの苦労とを、何となく

重ね合わせて、

……どうか彼女に福が訪れますように。

こくん、と緑茶を含んで願うところに、玉梅が言った。

「春燕さんは秦氏贔屓かもしれませんけど、あたしは違います」

「どういうこと？」

「断然、後妻の味方です。だって、すごいじゃないですか。女給仕が手練手管《てれんてくだ》でお金持ちの奥様に成り上がったんですよ。官僚様があれこれ知恵を絞って大臣になるのと一緒でしょう？　秘訣を教えてもらいたいくらいです」

尊敬します、と言って餅菓子を口に放り込む。

葉宅で会った後妻の顔を、春燕は思い出す。

鋭く、抜け目なく、人をうかがっていた。性悪女が企むのだろうと感じたが、もしかしたらあれは、傷つけられまいと必死で抗う弱き者の姿であったかもしれない。

玉梅が言うのももっともだ。

官僚の出世は素晴らしくて、女がのし上がるのは邪《よこしま》だと、どうして思い込むのだろう。悪知恵を絞って同僚を陥れる官僚もあれば、才知を武器に富貴を手にする婦人もあるだろうに。

……とはいえ〝葉夫人にも福を〟とは正直祈りづらいけれど、でも、

「どうか、無事に赤ちゃんが生まれますように」

穏やかな風が吹いて、チリチリと髪飾りが揺れる。

気にして手をやると玉梅に笑われる。

「おめかしして出かけるのって、やっぱりいいですねぇ。春燕さん、いつもと別人みたいです。食い逃げさんが見たら、きっと『アッ』って言って気絶しますよぉ」

借り物の服に、慣れない化粧。

衣装の見立てと化粧を玉梅が手伝ってくれた。

鏡のなかの自分はそれこそ別人のようで、気恥ずかしさと嬉しさで、いつまでもフワフワと落ち着かない。

「そうやって化ければ、すぐにお嫁に行けますよぉ」

「今日は特別。日ごろの休みに化粧する暇なんてないわ。洗濯と寝溜めで精一杯」

「嘘だぁ。艶情小説、読んでるじゃないですか。ちなみに、いまのお気に入りはどんな話です？」

「仙界の〝郎君様〟と人間の娘の悲恋譚よ。身分差が切ないの」

「夢物語の郎君じゃなくって、現実の色男を探してくださいよぅ」

「恋も結婚も贅沢品！　それに小説のなかの郎君様なら、おめかししなくたって気楽に会えるし、間違っても〝猪女吏〟なんて言わないでしょ？」

玉梅が肩をすくめて「うへぇ」と言う。

そういえば、と春燕は〝食い逃げさん《許子游》〟を思い出す。

捕り物の夜、秦氏とぶつかって昏倒した許子游は、葉宅で医師の手当てを受けた。無事に帰宅したと、あとになって聞かされた。

あれきり会っていないが、その後どうしているだろう。額の傷はすっかり治っただろうか。幾度か国子監の門前を行き来してみたが姿を見ないままだ。

知恵を借りて、無理に手伝わせて、怪我までさせてしまった。申し訳なく思うのに、詫びも感謝も伝えられていない。

……またどこかで会えるかしら？

怪異話が好きだと言っていたから、鬼女吏として駆けていれば、そのうち事件現場で出くわすかもしれない。

そう考えるところに呼び声が聞こえた。

「春燕！　玉梅！」

見下ろすと、行き交う人のなかに江女吏の姿がある。

「女吏頭？」

玉梅と顔を見合わせて、急いで茶荘の外に出た。

「どうしたんですか？　急な事件でも？」

わざわざ呼びにくるとは、もしや幽鬼案件かしら？　と思って訊くと、

「すぐに戻ってちょうだい。急な招集がかかったの。推官様のご家族が急にお亡くなりになって、喪に服されるんですって。後任のかたがすぐに承天府に入るそうで、ご挨拶に来られたわ」

〝吏員総出で迎えるように。女吏は全員集合。着任に花を添えよ〟

そう命じられたという。

「花を添えろって言うんなら〝女吏は男装〟なんて規則、やめちゃえばいいのにぃ」

「急ぎましょ、玉梅。着替えなくちゃ」

この服装では御前に出られない。

江女吏とともに急いで承天府へ駆け戻る。

府庁近くまで来ると、あたりがやけに混んでいる。買い物客で賑わうのとは何やら様子が違う。女物の車や、娘らが集い、街路がパッと彩られたようになっている。

浮ついた囁きが聞こえてきた。

「伯爵家のご子息ですってよ。一目お姿を見られないものかしら？」

「承天府に日参しなくっちゃ。美秀郎《びしゅうろう》のお取り調べなら喜んで受けるわよねぇ」

……美秀郎？

訝しみながら通用門をくぐるところで老司馬に会った。

「何をグズグズしている。早く来い！　さあ！」

すでに皆が出そろっている。

「隅に控えます。この服では目立つので」

春燕は玉梅と二人して門柱の陰に並ぶ。

門の向こう側には、牛捕頭が部下を引き連れて陣取っている。女吏はうしろへ追いやられた格好だ。

どうやら新任推官は馬車で到着したらしい。老司馬がいそいそと揉み手ですすみ出て、

「ようこそおいでくださいました、秀《しゅう》閣下。ご着任おめでとうございます。検校の司馬と申します」

新任推官の挨拶が聞こえる。

「秀海波《かいは》といいます。以後、よろしく頼みます」

どんな人かしら？　と春燕は目をやって、

「あ！」

うっかり声をもらした。

涼やかな目鼻立ち。上背のあるすらりとした姿。

先だって聞き込みで紅霞楼を訪れたおりに、すれ違った客のうちの一人だ。まるで艶情小説に描かれる〝夢の郎君〟のようだと、思わず見とれた青年である。

……新任の推官様だったなんて！

偶然に驚き、つい失態をやらかした。

コトン、コロリと音がして、ハッと見下ろしたがもう遅い。

長春茶荘から持ち帰った江女吏への土産が、手からこぼれ落ちていた。

「いけないいっ」

薔薇の蜜煮《みつに》をたっぷり練り込んだ焼き菓子は真ん丸の球形だ。店名を刷った薄紙に包まれたのがコロコロと勢いよく石畳を転がる。

慌てて拾おうとしたが裙子《スカート》が邪魔で追いつけない。

新任推官秀海波が凜とした声で言う。

「実は、皆に紹介したいものを連れてきています。承天府においては検校の役にあるものが、よく推官を補佐するとか。聞けば、司馬検校は年末に退官とのこと。そこで府尹閣下のお許しをいただき、新たに検校となる人物を推挙しました。許君《きょくん》、ここへ」

馬車から男が降りてきた。

コロン、コロコロと、菓子がその足もとに転がり着く。

「すみません！」

春燕は夢中で非礼を詫びる。

……大失敗だわ！　新しい上役に、しょっぱなから失態を見られるなんて。

何と言って叱られるだろう、と冷や汗をかくと、

「おや、菓子ですか？　上等そうですねぇ」

飄々とした文句が降ってきた。

男が「よいしょ」と腰を屈めて拾おうとする。

下役のまえで腰を折る官吏など見たことがないので、春燕はさらに慌てる。

「あっ、わたしが！」

サッと手を伸べ、相手と顔が合って「あーっ」と指さした。

「許秀才っ？」

「やあ、また会いましたね。鬼女吏どの」

「どうして承天府に？　ハッ、もしかして……あなたが新任の検校？」

驚きに目をしばたたいて問うと、相手がニッコリ笑う。

「落とし物ですよ。どうぞ」

菓子を渡されるが、春燕は驚愕のあまりしどろもどろだ。

「あ……ぅ……ありがとう、ございます」

背後で玉梅が「えー、食い逃げさんがぁ？」と呆れている。

子游は今日もヨレヨレの制服姿。帽子は傾き、帯もだらりと垂れて、とてもこれから役所勤めをするようには思えない。かろうじて上着だけ新しく上等なのは、もしや秀推官が着せたのか。

秀推官が気遣わしげにこちらを見ているので「もしかして二人は友達かしら？」と春燕はぼんやり考え、そういえば子游が「眼鏡をくれた幼馴染みは貴族の次男」と言っていたことを思い出す。

……まさか、こんなことがあるなんて。

ためしに子游の額を見上げると、秦氏とぶつかってできた傷はすっかり癒えたようだ。至って元気そうに、相変わらず飄然としてたたずんでいる。

「よかった」

小声でこぼすと、子游が興味津々の目色でこちらを見た。

「よかったとは何がです？　菓子が無事だったことですか？　それとも、さては新任推官がたいそう美男なことですか？」

「いいえっ。何でもありません！」

無事でよかった。

その後どうしているかと気になり、心配していたのだと……素直に告げるのが何となく気恥ずかしくて、春燕は慌てて首を振る。

すると、相手が猫背をさらに屈めてコソと耳打ちをよこす。

「ということで、年明けからは同僚です。どうぞよろしくお願いします。怪奇事件、猟奇事件の類《たぐい》は特に歓迎です。面白そうな事案をどんどん僕に上げてくださいね」

暢気《のんき》な挨拶に、まあ、と呆れて春燕は即答した。

「どんな事件でも一つ残らずご報告します。一切忖度しません！」

きっぱり告げると、子游が「参ったなぁ」と肩をすくめてぶらぶらと去っていく。

門の向こうで捕役どもが騒ぎだしていた。

「おい、見ろ。ありゃあ王女吏じゃないか？」

「ほんとだ。猪女吏が女に化けてやがる」

女装だ、女形《おやま》だと、こぞって囃《はや》し立てる。

すよぉ』

春燕はキリッとそちらを睨み、

……馬子にも衣装、猪女吏にも衣装よ。

菓子を手に胸を張ってみせると、玉梅の言葉が蘇る。

『いつもと別人みたいです。食い逃げさんが見たら、きっと「アッ」って言って気絶しますよぉ』

日ごろ顔を合わせる捕役らでさえ、すぐには気づかなかった。

ところが許子游は会うなり一目で〝鬼女吏〟と見破った。

特に驚きもせず、アッと言って気絶もせず。役服の男装でも晴れ着姿でも、変わらぬ態度で接してくれたのが何やら新鮮で、

「やっぱり、変わった人」

チリリと揺れる髪飾りの音を聞きながら、春燕は「クス」と笑った。

秀推官が颯爽と歩んで庁舎に入っていく。

あとから許子游がついていく。

何やら物見遊山に来たような足どりで行くのを見送りながら、

……一緒に仕事をするのが楽しみ。

そう期待するところに、バタバタと慌ただしい足音がした。

府庁おもてを捕役が駆けてくる。

「大変だ！　人殺しだ！」

息せき切って叫ぶのは牛捕頭の部下だ。

「兄貴、南城で事件です！　女が殺されました。たまたま犯人に出くわして、うちの捕役が捕まえましたっ」

「何だと。俺たちの手柄か！」

牛捕頭が嬉々《きき》として「どんなやつだ？」と問い質す。

「不良です。歳は十五で〝鉄棍〟なんていっぱしの名を名乗ってます！」

……鉄棍？

春燕はハッと目を瞠る。

玉梅、江女吏頭とすばやく顔を見合わせた。

聞こえた名前を知っている。

つい先日、京師から送り出したばかりの秦氏……彼女の息子が鉄棍だ。

「調べなくちゃ！　いったい何が起きたのか」

二

雨の夜道に紅い花の咲くこと

一

その夜は雨が打ち叩くように降っていた。

女が一人、急ぎ足で道を歩んでいた。

あたりは闇《やみ》で、傘の下に提《さ》げる灯《あか》りが時おり心もとなく揺らぐ。

「お願い、消えないで……」

泥で躓《つまず》いて転びそうになりながら、夜明けには濠端《ほりばた》までたどり着かねばと、懸命に足を運んだ。

こっそり客桟《やど》を抜け出して、もう一刻ほど歩んだろうか。雨が小やみになったのでホッと寂しい辻《つじ》にたたずんだ。

灯りを差し向けると竹林が見える。

傘をたたもうかどうしようか迷うところに、背後からスッと誰かが近づいた。

女はギョッとして振り返り、たちまち「アッ」と悲鳴を上げた。

泥道に倒れ、首を捻《ひね》ってどうにか仰ぐ先に、ぼんやりと男の影が見える。

喘《あえ》ぎ喘ぎ呼びかけた。

「あぁ……坊ちゃ……ま」

＊　＊　＊

京師北城《みやこほくじょう》、承天府《しょうてんふ》。

新たに着任する推官《すいかん》を迎えて、下役一同が門前に集《つど》っていた。

そこへ慌《あわ》ただしく捕役《ほやく》が駆け込んできて報告した。

「南城《なんじょう》で事件です！　女が殺されました。たまたま犯人に出くわして、うちの捕役が捕まえましたっ」

束ね役の牛捕頭《ぎゅうほとう》が問い質《ただ》した。

「どんなやつだ？」

「不良です。歳《とし》は十五で〝鉄棍《てっこん》〟なんていっぱしの名を名乗ってます！」

捕らえた犯人は、鉄棍。

聞いて春燕《しゅんえん》は目を瞠《みは》った。

「鉄棍ですって？」

覚えがある。

一件落着して間もない幽鬼《ゆうき》事件……被害を受けた葉家《ようけ》の跡取り息子の綽名《あだな》が鉄棍だ。母親の秦氏《しんし》が、江南《こうなん》で暮らすはずの彼に会うため京師を旅立ったばかり。

……秦氏の子かしら？　それとも別人？

「調べなくちゃ！　いったい何が起きたのか」

玉梅《ぎょくばい》、江女吏頭《こうじょりとう》とすばやく目を見交わした。

府庁に入ろうとしていた新任推官秀海波《しゅうかいは》が、落ち着き払った足どりで引き返した。

「人命事案ですね」

凛《りん》とした声で確かめる。

承天府は京師とその近隣を治める官府だが、承京《しょうけい》城内で起きた重大犯罪は審理しない。国の司法府である刑部《けいぶ》や大理寺《だいりじ》で裁くのが決まりだ。

「現場はどこでしょう？」

推官直々《じきじき》の下問に捕役があたふたと答える。

「は、はい！　南城正西坊《せいせいぼう》、石頭胡同《せきとうこどう》の南です」

事件が起きたのは正西坊と聞いて春燕はハッとする。担当の街坊《がいぼう》だ。

秀推官がさらに問う。

「犯人と遺骸《いがい》は、すでに兵馬司《へいばし》に引き渡しましたか？」

「いいえ、まだです。牛捕頭に訊《き》いてからと思いまして」

「それでは遺骸を府庁へ運び、犯人も承天府の牢《ろう》に繋《つな》ぐように。歳末の警戒もあって兵馬司は人手が足りません。捜査着手を承天府で行い、必要に応じて刑部に引き継ぎます」

そのように府尹閣下《ふいんかっか》に進言します、と。たったいま府庁に入ったばかりとは思えない果断さで、秀海波が命令した。

許子游《きょしゆう》はそばに立って悠長な顔で聞いている。振り返る秀推官と二言三言交わすようだ。

犯人を連れてこいと命じられて牛捕頭ががぜん張り切った。

「おっしゃるとおりにいたします、推官様！　この牛《ぎゅう》に何とぞおまかせください。おいっ、野郎ども、行くぞ！」

捕役らを率いて疾風《しっぷう》のごとく出動する。

「不良め、女を殺すとはけしからん。府尹様のお手を煩《わずら》わせるまでもない。俺が打ち殺してやる！」

聞いて春燕は「まずい」と危ぶんだ。

……危険だわ。

捕役連中の仕事は日ごろから荒っぽい。些細《ささい》な事件の容疑者でも、牢に引いてこられるまでのあいだに、もしくは牢のなかで、殴られ蹴《け》られして半死半生となるものが多々あるのだ。人を殺して死罪になりそうな犯人なら、余計に〝自分たちで罰してもかまわない〟とひどい乱暴を働きかねない。

何とかしなくてはと江女吏に訴えた。

「女吏頭、うちの街坊で起きた事件です。人が殺されて、しかも容疑者が秦氏の息子だとしたら、なおさら放っておけません。現場へ行ってもいいですか？」

すぐさま江女吏がうなずいた。

「まかせるわ、春燕。様子を見てきてちょうだい」

「はい」と答えて春燕は晴れ着の長裾《ながすそ》をたくし上げる。

駆けだそうとするところに許子游が寄ってきた。

「僕も連れていってください」

春燕は戸惑う。

「許秀才《しゅうさい》、着任は年明けじゃないんですか？」

「推官閣下から〝いい機会だから皆の働きぶりを見てくるように〟と言いつけられました。ご命令に背くわけにはいきません」

人命事案だというのに相変わらずのんびり顔である。緊張感のなさに「大丈夫かしら？」と心配になるが、あれこれ迷う暇はない。

「わかりました。ついてきてください！」

子游を連れて承天府を飛び出した。

京師の北端に近い府庁から南城までは距離がある。承天府街から安定門大街《あんていもんだいがい》に出て、皇城のある中城《ちゅうじょう》を南下する。

追いかける途中で捕役らにどんどん引き離され、中城南面の正陽門《せいようもん》をくぐる前にすっかり影を見失った。

早くも子游は息切れしている。

「すみません……まったく、駄馬の足並みで……」

「しゃべると疲れます。足だけ動かして」

ヒィヒィ言うのを励まし励まし、だいぶ遅れて正西坊へ。

「石頭胡同はこっちです」

胡同の南と言っていたから現場はたぶん寄骨寺《きこつじ》あたり……見当をつけて行くと、繁華な界隈《かいわい》から離れた寺近くの辻に捕役たちが群れていた。

筵《むしろ》をかけられた遺骸が、たったいま運ばれるところだ。

「待ってください！」

牛捕頭を見つけて春燕は頼み込んだ。

「様子を教えてください。犯人はまだ詰所《つめしょ》でしょうか？　殺された女性は何歳くらいでしょう？　わたしにも遺骸を検《あらた》めさせてもらえませんか？」

牛捕頭がすかさず「うるさい」と怒鳴った。

「女吏なんぞの出る幕じゃない。どけどけ！　引っ込んでろ」

「引っ込むわけにはいきません。正西坊は担当街坊です。犯人や被害者の身元を調べるのに役に立てるかもしれません」

「役に立つだとう？　馬鹿《ばか》を言うな！　推官様は捕役にお命じになったんだ。おまえたちは、つまらん揉め事やら幽霊やらを相手にしてればいい」

「揉め事も幽霊もつまらなくは……」

「邪魔だっ、下がれ！」

「あっ」

突き飛ばされて春燕はよろけた。

泥に足を取られて借り着の裾《すそ》が汚れる。

子游が息をつきつきあとから寄ってきた。

「やあ、捕役の皆さん、お勤めご苦労様です。秀閣下の言いつけで僕も来たんです。事件について教えてくれませんか？　被害者の年齢はどれくらいで、骸《むくろ》の見た目はどんなでしょう？　ちょっと筵をめくってもいいですか？　ちなみに犯人が捕らわれたのはどこです？　遺骸の発見現場近くでしょうか？」

あれこれ訊《たず》ねるのを聞きながら、春燕ははたと思いつく。

……そうだわ。

〝幽霊を相手にしていろ〟

牛捕頭にそう罵《ののし》られた。

おかげで妙案が浮かんだ。

被害者が殺されたのが昨夜なら、まだ鬼気《きき》が残っているかもしれない。見鬼術《けんきじゅつ》で声を聞けないだろうか。

人目につかないように子游たちのそばから離れ、あたりを見まわして、薄暗く風通しが悪そうな場所を探した。

昨夜の雨は夜半に降りだし、明け方近くにやんだ。風もかなり強く吹いたと思う。

通常、鬼気は長くこの世に留まれない。風雨に打たれれば儚《はかな》く散じてしまう。

「お願い。残っていて」

晴れ着の帯に結わえた葫蘆《ころ》を手に取った。

寺院裏に手入れの行き届かない竹林があって、湿った空気が澱《よど》んでいる。陽《ひ》が当たらず風通しも悪いので、道端の雑草も濡れたままで乾かない。

見ると、竹林の隅《すみ》に傘が一本捨てられていた。傷《いた》んで折れているが、傘紙が鮮やかな紅《べに》色で、捨てられてまだ間もないようだ。

子游たちに背を向けて、春燕は桃葉《とうよう》の粉末を指にすくう。フゥゥと吐息して体から余計な力を抜き、目、耳、口を順に撫《な》でると、ピンと五感が冴え渡った。

かすかな風音、木々の葉擦《はず》れ、高く飛び交う鳥の羽ばたき、日光がサラサラと降り注ぐ音まで聞き分けられる。

鮮明な意識のなかで、この世とあの世の境がふと曖昧《あいまい》になる。

スッと瞼《まぶた》を開けると、世界が青灰色《あおはい》に染まって見える。

景色のなかに、ゆうら、と泳ぐ影が見えた。

竹林の端。ちょうど捨てられた傘のそばに、まるで糸の切れた凧《たこ》が引っかかるようにして、透き通る女の半身がそよいでいる。

まだ若い。二十《はたち》歳前後だろうか。

もの言いたげに口をパクパク動かすのに向かって、春燕は問いかけた。

「あなたは昨夜、ここで命を落としましたか?」

ゆらゆらと揺蕩《たゆた》いながら女が、こく、とうなずく。

途切れ途切れに声が聞こえてきた。

〝ごめん……なさ……い。ほんとに……ませ……〟

涙声でしきりに謝るばかり。幽鬼はたいがい生前いちばん心残りであったことを口にする。

春燕は訊ねる。

「鉄棍という人を知っていますか？　あなたを殺したのは彼ですか？」

透き通る女の顔が、くしゃと歪《ゆが》んだ。

〝ああっ、坊ちゃま〟

青白い泣き顔は、怒るようにも哀しむようにも見える。

そっと両手を合わせたかと思うと、ふいにサアッと吹いた風にさらわれ、女幽鬼は跡形もなくかき消えた。

「あ、待って！」

手を伸ばしたところで、うしろからポンと肩を叩かれた。

「どうしました？　女吏どの」

振り返ると子游が立っている。

「竹林に賊《ぞく》が隠れていましたか？」

「あっ、いえ……」

春燕は慌ててごまかした。

「牛捕頭に叱られたので、離れて待っていたんです」

「誰かと話しているように見えましたが、僕の気のせいでしょうか？」

本当に誰もいませんか？　と子游が前のめりになって竹林をのぞき込む。

「もしかすると単独犯ではなく、複数による犯行かもしれません。逃亡犯が近くに潜んでいる可能性もあります」

しげしげと林を観察するのへ、春燕は確かめた。

「牛捕頭から詳しい状況を聞けましたか？」

子游が「ええ」とうなずいた。

「被害者の身元はすでにわかっています。艶児《えんじ》という名で、歳《とし》は二十歳。近所の客桟に泊まっていたようですが、もともと京師の住人で、江南から帰ってきたばかりだそうです」

「江南。それじゃ……」

いよいよ犯人は秦氏の息子ではないかと案じる春燕だ。

「行きずりの犯行かしら？　それとも被害者と犯人は顔見知り？」

「逮捕されたのは、報告にもあったとおり鉄棍という少年です。どうやら艶児とは恋仲のようですねぇ」

　恋仲と聞いて春燕はアッと息を呑《の》む。

「恋人を、殺した？」

　別れて間もない秦氏の晴れやかな顔と、たったいま虚空《こくう》に失せたばかりの女幽鬼の泣き顔とが脳裏に蘇《よみがえ》る。

二

　女吏舎に帰って、すぐさま江女吏と玉梅に事の次第を知らせた。

　江女吏が「困ったことになったわね」と難しい顔をした。

「年齢からしても、江南から来たということからしても、犯人は葉家の子息で間違いなさそうね」

　玉梅が「あーあ」と言って肩を落とす。

「おめでたい気分で年が越せると思ったのにぃ。葉家はよっぽど家運が傾いてるんですね。幽鬼騒ぎの次は人殺しだなんて、終わってます」

　春燕は役服《やくふく》に着替え、午後も正西坊に出ることにした。

「休んでいられません。現場近くの住人は不安だと思います」

担当街坊を見まわると案の定、事件の話題で持ちきりだった。

「恐ろしいねえ。女を滅多刺しだって？」

「不良なんかとつき合うもんじゃない」

「犯人はただのゴロツキじゃないそうだ。どこかの坊ちゃまらしいぞ」

早くも噂《うわさ》が広まっている。

石頭胡同の現場にチラホラと野次馬があった。捕役と言葉を交わしていたので、そこから話が漏れたに違いない。

……きっと早々に葉家の名が出るわ。

旅立って間もない秦氏の耳にも入るかもしれない、と母親の心を気遣った。

日暮れには仕事を切り上げ、玉梅と一緒に張家《ちょうけ》胡同の安泰記《あんたいき》に上がった。

安泰記は炒飯《チャーハン》のとびきり旨《うま》い店で、日ごろから贔屓《ひいき》にしている。炒飯と叉焼《チャーシュー》、蒸《ふ》かしたての饅頭《マントウ》を頼んで腹ごしらえに取りかかるところに声がした。

「やあ。風雲酒楼《ふううんしゅろう》に負けず劣らず、こちらもよさそうな店ですね」

許子游だ。「旨そうな匂いです」と舌なめずりしながら入ってきた。

玉梅が立って手招きする。

「食い逃げさ……あ、違った。検校《けんこう》様、ここですよぅ」

寄ってくる子游に春燕はてきぱきと椅子《いす》をすすめる。

「座ってください。菜単《品書き》は壁にあります」

府庁に戻る子游に「何かわかったら教えてください」と頼んであった。どこにいるかと訊かれて安泰記を教えたのだ。

嬉《うれ》しそうに卓につき、子游はキョロキョロと店内を見まわして感心する。

「正西坊には魅力的な店がたくさんありますね。こちらは講談の見世物がないぶん、ヒソ話にうってつけです。さすがは巷《ちまた》に詳しい女吏どの、ゆくゆく京師の名店案内でも書いてはどうでしょう？」

殺人事件の捜査中だというのに、いっこうにのんびり調子があらたまらない。

「題名はわかりやすく『承京美食案内』。宣伝文句はこうしたためます。〝女吏が絶賛、京師の美味〟もしくは〝女吏と道連れ、食散歩〟。うん、売れそうだ。知り合いの書肆《しょし》を紹介しましょうか？」

「わぁ、楽しそう！　やりましょうよ、春燕さん」

「本を書く暇があったら事件を調べるわ。とりあえず注文してください、許秀才。お会計は女吏班が持ちます」

「それは助かります。俸給をいただくまで懐《ふところ》具合が寂しいもので。ああ、給仕君。こちらのご婦人がたと同じ炒飯を一つください。それから黒茶《くろちゃ》と銀耳《ぎんじ》の甘味を」

春燕たちの炒飯を見て子游が「美味《おい》しそうです」と羨《うらや》む。どうやらだいぶ腹をすかせているらしい。

玉梅が気を利かせて叉焼を取り分け、饅頭を半分にちぎって差し出した。

「春燕さん、いまの聞きました？　あたしたちのこと〝ご婦人がた〟ですって！　あのぉ、検校様に質問してもいいですかぁ？　ご結婚してらっしゃるんですかぁ？」

愛らしく秋波《しゅうは》を送る玉梅には見向きもせずに、子游は飴《あめ》色の叉焼に目尻を下げる。

「あいにく着任は年頭なので、まだ〝検校様〟ではありません。ついでに結婚のほうもまだでして。十五歳で郷試《きょうし》に通って幾つか縁談もありましたが、わけあって学生に戻ったあげく、その後の試験に落ちつづけるので残念ながら立ち消えになりました」

「ふぅん。ってことは独身ですね。狙い目だぁ」

やった、と目を輝かせる玉梅がヒソヒソ声で、

「どうします？　春燕さんがいらないなら、あたしがもらっちゃいますよぉ？」

ツンツンと指でつつかれ「馬鹿言わないで」と春燕は小声で叱る。

玉梅が面白がって子游に訴えた。

「検校様ぁ、聞いてくださいよぅ。春燕さんってば救いようのない〝仕事の虫〟なんです。事件となると、ご飯も休日もそっちのけで夢中。おめかしもお出かけも興味なしで、これじゃきっと三十路《みそじ》になっても結婚できません。たまに仕事が早く退けても、寝床に籠《こ》もって小説なんか読み耽《ふけ》ってるんです。先輩を差し置いて後輩が幸せになれると思いますぅ？　迷惑してるんですぅ」

子游がもぐもぐと饅頭を頬張《ほおば》りながら目を瞠った。

「ほう、小説？　読書とは、なかなか魅力的な余暇の過ごし方ですね。僕も試験勉強以外でしたら読書は好みます。ちなみに女史どのは、どんな書物を読みますか？」

「艶《えん》……」

艶情《恋愛》小説です、と教えようとする玉梅の口を、春燕は急いでパッとふさいだ。

「シイッ。黙って、玉梅！」

私的な趣味を打ち明けるのは何やら憚《はばか》られる。別に艶情《えんじょう》小説を恥じるわけではないが、相手は難解な経書に埋もれて学ぶ学生で、しかも年明けからは上官になる。

「たぶん、許秀才は興味のない本だと思います」

「おや、僕は同窓生のなかでも読書範囲の広さで知られていますよ。ためしにどのへんの分野がお好きかおっしゃってみてください」

「それは、ええと……例えば仙界についての説明だったり、人間心理の研究だったり、身分差の問題だったり……つまり、そのへんのことがいろいろ書かれている本です」

「素晴らしい！　特に仙界に興味がおありとは。ご承知のとおり神仙道は怪異に通じるものがあるんです。いったん死んでから登仙《とうせん》する尸解仙《しかいせん》に、僕はとりわけゾクゾクします。尸解仙のことは当然、ご存じですね？　棺《ひつぎ》に納めたはずの死体が忽然《こつぜん》と消える怪異譚《たん》を読むと、その晩は嬉しくて眠れません。果たして彼は仙人になったのか？　それとも親族だか盗賊だかが秘かに骸を持ち出しただけなのか？　持ち出したとすると目的は何か？　副葬品目当てか、それとも体ほしさか？　体が目的の場合は猟奇《りょうき》的事件に発展するでしょう……女吏どの、あなたもそういう空想を楽しむほうですか？」

「いえ。いろいろと想像はしますけど、わたしの場合は主人公と一緒に嬉しくなったり、哀《かな》しくなったり……そんなことより許秀才、事件について何かわかったことがありますか？」

　放っておくと猟奇だの怪奇だのの話題が延々とつづきそうだ。いい加減なところで切り上げ、本題に入ることにした。

　情報は？　と訊くと、叉焼に舌鼓《したつづみ》を打ちつつ子游が「はい」とうなずく。

「府庁に戻ってから司馬《しば》検校のとなりで半日お茶していたので、捕役たちの報告をあらかた聞けました。鉄棍という容疑者は、実は葉家のご子息だったんですねぇ。事件の一報を耳にしたとたん、あなたの目の色が変わったわけがわかりました」

殺人犯として逮捕されたのは秦氏の息子。

どうりで懸命なわけですね、と言われて春燕は答えた。

「確かにそれも、事件について知りたい理由の一つです。でもそれ以前に、わたしたちの担当街坊で起きたことですし、人が殺されたと聞いて無関心ではいられません」

詳細を知りたくても牛捕頭はあの調子だ。事なかれ主義の司馬検校に訊いても無駄だと知れている。頼れるのは子游しかいない。きっと力になってくれるだろうと信じて声をかけたのだった。

「お願いします。教えてください」

あらたまって拱手《きょうしゅ》すると、子游がゴクンと叉焼を飲み下して口を開く。

「鉄棍……本名葉鉄《ようてつ》が捕縛されたのは、石頭胡同の遺骸発見現場だそうです。艶児の骸にすがって泣いているところを、通りかかった捕役が取り押さえました。身元を訊くと素直に答えたそうです。遺骸を抱いて『どうしてこんなことに』と言って泣くばかり。動顛《どうてん》ぶりからして〝カッとなって女を殺したに違いない〟と判断したとのことでした」

「泣いたのが理由で容疑者に？　何て適当な……」

春燕は眉根を寄せる。

「凶器は見つかったんでしょうか？　検屍《けんし》の結果がわかれば聞かせてください」

京師城外の凶悪案件を審理するので、承天府にも検屍係がある。遺骸の状況を訊くと、食べかけの饅頭をしげしげ眺めて子游が言う。

「刃物による刺し傷が八カ所です。そのうち深いものは三カ所。傷の深さから見て、犯人は力の強い男性でしょう。背、脇腹、胸。血を失ったことが原因で艶児は死んだとみられます」

「八カ所……そんなに？」

「傷が深く、多数なので、殺害理由は痴情《ちじょう》のもつれと断定されたようですね。艶児はもともと鉄棍お付きの侍女《じじょ》で、二人は実家にいたころからの仲でした。鉄棍は艶児に誘われて賭博《とばく》に手を出し、二人一緒に葉家を飛び出して、つい先月まで江南の親戚に世話になっていました。〝実家に帰りたくなった鉄棍は、艶児が邪魔になったに違いない〟というのが司馬検校の見立てです。凶器は包丁のようですが現場からは見つかっていません。近くに小川があるので、そこに捨てたんだろうと牛捕頭は言っていました」

「だけど、あの川は流れが急じゃありません。さして深くもないし、包丁を投げ込んだとしても流されるなんてことはないと思います。捕役たちはちゃんと現場を捜したんでしょうか？」

　ふむふむうなずいて子游が饅頭を頬張る。

「妥当な疑問ですね。牛捕頭たちの調べによると、鉄棍たちが客桟に入ったのは事件前日の昼。京師に着いたその足で投宿しています。その後は部屋に籠もりきりで、二人を訪ねたものはなく、艶児が何者かに呼び出された形跡もないとのことです。客桟の主人は、夜中に鉄棍と艶児の言い争う声を聞いたとか。ところで女吏どのは、饅頭の発祥《はっしょう》についてご存じですか？」

「饅頭？　いいえ……」

「むかし、とある軍師が兵を率いて河を渡ろうとしたところ、氾濫《はんらん》に遭《あ》って立ち往生《おうじょう》したんです。困った軍師に土地のものが教えました。『荒れた河を鎮めるには生贄《いけにえ》が必要だ。人の頭を捧げて祈れば河の神が機嫌を直してくれる』と。そこで軍師は人の頭の代わりに小麦粉をこねて饅頭を作り、神に供えて見事に河を渡ったのでした。めでたし、めでたし」

　唐突な子游のウンチクに玉梅が手を叩く。

「へえぇ、知りませんでしたぁ。すごぉい！」

　春燕は眉をひそめて確かめる。

「事件と饅頭に、いったい何の関係があるんでしょう？」

「替、、え玉を供えれば大団円で終わるだろうか、という話です」

「おっしゃる意味がわかりません」

饅頭だの替え玉だの、いったい何の繋がりがあるのだろう。ただでさえ悩ましい事件だというのに、持ってまわった物言いのせいで煙《けむ》に巻かれるようだ。

むしゃ、と腹立ち紛れに饅頭に嚙《か》みついて春燕は考える。

幽鬼事件の際、葉家の召使いへの聞き込みで鉄棍の話が出た。秦氏の浮気を仕組んだのは葉大人《たいじん》の後妻だと打ち明けてくれたときだ。

『坊ちゃまが葉宅を出ることになったのも、あの女の計略です。若い侍女に坊ちゃまを誘惑させて、悪い遊びを覚えさせたと聞きました。坊ちゃまは侍女にそそのかされて駆け落ちしたんです』

遊学だといって体裁を繕《つくろ》っているが、実は秦氏の子が邪魔で後妻が追い出したのだと誹《そし》っていた。

〝坊ちゃまをそそのかした侍女〟というのが、おそらく殺された艶児だろう。

竹林の暗がりに揺蕩う女幽鬼を、春燕は思い返す。

〝ごめん……なさ……い。ほんとに……ませ……〟

透き通る頰に涙を流し、誰かに向けてしきりに謝っていた。

冷たい冬風に吹かれて消え失せる寸前、

〝ああっ、坊ちゃま、坊ちゃま〟

坊ちゃま、と必死に呼んだ相手は鉄棍に違いない。「殺したのは彼ですか？」という問いへの答えのようにもとれたし、ただ恋人に呼びかけただけのようにも聞こえた。正直なところ、どちらかわからない。

子游注文の炒飯が湯気を立てて運ばれてくる。

「これは旨そうだ！　黄金色の飯粒に葱《ねぎ》の緑が映えて食欲をそそります。胡麻油の香りもいいですねぇ。そうそう、筵をめくって見たところ遺骸は無惨《むざん》な有様でした。おそらく恨みを募らせての犯行でしょう。〝痴情のもつれ〟と聞いて納得するものも多いと思います。ですが僕に言わせれば、これは猟奇事件の部類ですね」

怪異好き、かつ猟奇好きの子游がウキウキと言う。

春燕は思い切って葉家の事情を打ち明けた。

「鉄棍が家出するように仕組んだのは、葉家の後妻だという話を聞きました。艶児は後妻に指図されて、鉄棍を堕落《だらく》させたのかもしれません。二人が普通の恋仲ではなかったとすると……」

「うーん、鉄棍への疑いが増しますねぇ」

事実を知った鉄棍が、怒りのあまり艶児を殺した可能性が出てくる。

満足そうに炒飯を頰張《ほおば》る子游に向かって春燕は告げる。

「おっしゃるとおり鉄棍は犯人かもしれません。でも、疑わしいからこそしっかり調べたいと思うんです。いまのままだと捕役たちは有無を言わせず彼に罪を着せてしまいます。殴って、叩いて、脅して"わたしが殺しました"と無理にでも自白させるんです。思いどおりに白状するまで責め立てて、結局打ち殺してしまうことだってある……」

〝牢で弱って死んだ〟と報告された容疑者が何人あったことか。せめて南城正西坊で起きた事件からは、そういうものを出したくない。確かな証拠をそろえた上で、公正に裁いてほしい。

意を決して春燕はキリリと子游を見た。

「お願いがあります、許秀才」

口の端に米粒をくっつけて、子游は旨そうに炒飯を食っている。

「はい、何れひょう？」

「手伝っていただけないでしょうか？　牢にいる鉄棍に会いたいんです。彼の口から直接、事情を聞きたいと思います」

「ううーん……ほれは、ちょっと難ひいと思いまふ……第一に、人命事案である本件は、たとえ担当街坊で発生したものであっても、女吏班が扱うべき事件ではないでしょう？　第二に、たとえ年が明けて検校になったとしても、承天府の牢を勝手にどうこうする権限は僕にはありません」

できませんと断られるが、春燕は諦《あきら》められない。

「囚人《しゅうじん》に面会するのは無理でも、例えば着任前に牢の見学に行くのはどうでしょう？」

「見学……ええ、それならまぁ、できなくもありません。悪人どもの恨み辛みが染みついた牢獄《ろうごく》は、趣味の観点からしても非常に魅力的です」

「そういえば以前、承天府の大牢《だいろう》の奥に〝開かずの死獄《しごく》〟があると聞きました。国家転覆《てんぷく》を企んだ道士《どうし》が囚われて死刑になってから、なぜか鉄格子《てつごうし》が開かなくなったんだそうです」

「それは見たい！」

「見学するとき、見習い吏員《りいん》が一人ついていくのはどうですか？」

連れていってもらえませんか？

暗に訊ねると、子游が匙《さじ》をくわえて目をしばたたかせた。

茶を飲み飲み聞いていた玉梅が「えーっ」と驚愕《きょうがく》する。

「無茶ですよぉ、春燕さん！　お役所の外で変装するのとはわけが違います。バレたら一

「幸い牢番に知り合いはないわ。捕役のいない隙《すき》を狙えばきっと大丈夫」

巻の終わりです。クビですよ？」

折しも歳末。

処刑は通常、一年の最後にまとめて行われる。事件の審理が早々に終われば、鉄棍は死刑になるかもしれない。罪のないものの命が奪われることは何としても避けたい。

「あとから証拠が見つかっても、処刑が終わってからでは遅いです。もしも真犯人が鉄棍でなかったら……」

「その場合は、新任推官にとって大きな汚点になりますねぇ。かたや審理が長引いたとすると、いい加減な捜査をもとに審理を補佐するのは新任検校の仕事です」

御免こうむりたいですねぇ、と子游が苦笑い。

銀耳と蓮《はす》の実《み》の甘味に舌なめずりしながら、

「仕方ありません。古《いにしえ》の軍師を見習って河の神を騙《だま》すとしましょうか」

ついでに魅力的な死獄の見学を。

牢番への差し入れに饅頭を注文しておいてください、と飄々《ひょうひょう》とした口調でつけ加える。

三

翌日夕刻、子游とともに承天府の牢獄を訪れることにした。

待ち合わせにあらわれた子游は〝検校として着任予定〟と言っても、かろうじて怪しまれない程度の格好。秀推官がしたためた見学許可証を持参した。

「位のない低級官員や吏員のなかには、落ちぶれ学生だったものがあるんです。受験を諦めて、見習いしながら席があくのを待つんです。吏員を十年勤めれば官員になれますし、苦労して合格を待つよりだいぶ気が楽です」

ツテを頼りに検校の職にありつけた自分は運がいいんですと、肩をすくめて笑う。

春燕は吏員見習いに見えるよう、うだつの上がらない学生を装っていく。子游を真似て古着を羽織り、健康な顔色を青白く化粧してごまかした。

案内を待つあいだ、気にかけていたことをやっと子游に告げた。

「先日は申し訳ありませんでした。それから、どうもありがとうございました」

丁寧に拱手すると、相手がきょとんと目を丸くする。

「ええと、すみません。何についての謝罪と感謝でしょう？」

「何って、その……幽鬼事件でお世話になったのに、いままでちゃんとお礼も言わずにいました。無理に手伝っていただいたのに、怪我までさせてしまって……とても申し訳なく思ってます」

あなたのおかげで事件を解決できました、と。

素直に礼を述べると、子游がポリポリと額《ひたい》を掻《か》いて「はあ」とうつむいた。

「あまり人様のお役に立ったことがないので、どう反応していいかわかりません。怪我といっても、おでこが少し腫《は》れた程度でした。どうかお気遣いなく」

「そうですか、よかった。気絶なさったので心配したんです」

「医者から〝不眠と栄養不足を改善しなさい〟と注意されました」

「不眠？　あんなにたっぷり寝てたのに？」

むしろ寝過ぎでは？　とうっかり口走って春燕はハッとする。

「すみません、つい……」

子游がアハハと暢気《のんき》に笑った。

「徹夜で執筆に励んだおかげで、日ごろの睡眠不足が解消されたんです。恩返しするつもりがおありでしたら、次回の〝鬼女史《きじょり》〟の活躍に同行させてください」

怪異で返してくださいと言われて、今度は春燕が「はあ」と言った。

子游がふと思いつく顔で訊いた。

「王女吏は、どうしていまの仕事についたんですか？」

「え？」

「むろん答えづらい事情がおありでしたら、返答しなくても構いません。ただ何となく、あなたには意志があるように見えたので」

唐突に言われて、春燕は自分よりだいぶ高いところにある子游の顔をまじまじと見た。

……そんなことを言われたのは初めて。

女役人になった理由を人から問われたことがない。

女吏として働くものはおおかたが事情を抱えている。人数合わせで仕方なく女吏試に応じるものもあるが、実際に役目につくものの大半は、人には言えぬ理由を秘めている。

同僚であっても互いに事情は問わないのが礼儀。

そんななか子游の何気ない問いはとても新鮮で、春燕は心にスウッと風が吹き込むように感じた。

〝意志〟と言われて鮮やかに蘇る記憶がある。

まだ少女だったころ。

『わたし、なってみたいです！　女吏に』

ドキドキと鼓動《こどう》を高鳴らせつつ、憧れの人にそう告げた。

平素は忙しさに取り紛れ、目まぐるしい日々のなかで埋もれがちではあるが、あのときの想いはいまもくっきりと胸に刻まれている。子游がそれを思い出させてくれた。

「もしも……そんなふうに見えたなら嬉しいです。わたし、この仕事が好きなんです。実は、きっかけがあって女史を志《こころざ》しました。以前〝伝説の女史〟にお会いしたことがあって……」

〝伝説の女史〟をご存じですか？　と。

訊ねようとしたところに牢番の長がやって来た。

「お待たせしました。どうぞ」

促《うなが》されて子游が先に歩みだす。

会話が途切れてしまって春燕は少々残念に思う。

身の上話のあと、子游にも「あなたはどうして検校に？」と訊いてみるつもりだった。

〝怪異好きで、生きた人間は生臭くて苦手〟などと飄々と言う彼が、ツテを頼ってまで官途を志すとは、何となく思えなかったから……。

承天府の牢獄は府庁北側の別棟に設けられている。

裁きを待つ容疑者と、すでに刑の定まった罪人がそれぞれ繋がれる牢房、それに加えて証人たちを留め置く宿房まで備わっている。京師近隣の各州から罪人が送られてくるので、牢は広く、番人も多い。

春燕は子游の背後に従い、饅頭が入った提籃《おかもち》をさげていく。

牢番の長が案内する。

「軽微な罪を犯したものをまとめて入れる牢が手前で、奥に重罪人用の獄がございます。取り調べを行うのは右手の房、責め道具を用いる際には左の房を使います」

牢には大勢の囚人が繋がれている。服は破れ、傷を負って無惨な有様だ。

子游が「なるほど、なるほど」と感心する。

「近ごろは三法司《さんほうし》の案件も承天府で引き受けることがあると聞きました。罪人がたくさんで大変でしょう。死罪になるような大罪人はどうしていますか？」

「そういう下郎《げろう》は〝死獄〟に繋ぎます」

「ほう、死獄」

「もっとも奥の牢房です」

「見ることができますか？」

「ただいま罪人がいますので、お見苦しいと存じます」

「構いません。後学のためにぜひ」

熱心に頼む子游に向かって、牢番の長がそっと手を差し出した。見たければ銭をよこせという意味に違いない。子游が銀貨を握らせ、こちらを振り向いた。

「皆さんが差し入れを召し上がるあいだに、ちょっと見せてもらいましょう」

春燕は「はい」と応じて提籃を差し出す。

「皆さん、饅頭をどうぞ」

牢番の長が心得て見張りたちを呼び集めた。

番人がいない隙に、子游とともに死獄に入る。

凍えるほど寒く、灯りもろくにともらない暗い穴蔵の奥に鉄格子が見える。

「ううぅ」と呻《うめ》き声が聞こえる。

春燕は駆け寄って呼びかけた。

「鉄棍さん。鉄棍さんですか？　石頭胡同の事件を調べています。女吏の王《おう》といいます。話を聞きにきました」

子游が灯りを近寄せると、鉄格子の奥に、むく、と起き上がる影が見える。

「えん、じ……」

男がズルズルと床を這《は》い寄ってきた。

ぼう、と照らされる顔はだいぶ汚れてはいるが、大人びた美少年だ。大柄な体と彫りの深い目鼻立ちが、秦氏にそっくりだと春燕は思う。

かすれ声で鉄棍が訊く。

「艶児は……死んだんでしょうか？　ほんとに」

キュとくちびるを結んで春燕はうなずいた。

「残念ですが、はい。殺人の疑いが、あなたにかけられています。あなたは艶児さんを殺しましたか？」

まっすぐ問うと、鉄棍がやにわに鉄格子に飛びついた。

「殺してません！　殺すわけがない！　夫婦になるつもりで帰ってきたのに……〝家に戻って〟と言うから、望むとおりにしようとしてたのに！」

どうしてこんなことに、と格子にすがってワッと泣きだす。悲痛な様子に恋人への情が溢《あふ》れていると春燕は感じた。

「もし無実なら、疑いを晴らして真犯人を見つけないといけません。艶児さんのためにもそうしてあげなければと思います。鉄棍さん、事情を聞かせてください。艶児さんとは、どういう仲でしたか？」

急ぎます。時間がありません、と告げると、鉄棍がしゃくり上げつつ事情を打ち明けた。

艶児は身のまわりの世話をする侍女だった。

健気なところに惹《ひ》かれて仲が深まったが、自分は葉家の跡取りで身分が釣り合わない。別れさせられる前に逃げなくてはと、手に手を取って京師を出た。

頼った江南の叔父はいわゆる〝江湖《こうこ》のもの〟で、義侠心に厚いが少々荒っぽい仕事もやる。たびたび喧嘩《けんか》に駆り出されたり、賭場の手伝いをさせられた。艶児がしだいにそれを嫌がった。

「京師に戻ろうと言いだしたんです。『戻れば別れさせられる』と俺は言ったけど『詫《わ》びて頼めばきっと許してもらえる』と艶児が言い張って」

〝でなきゃ、あたし、死ぬんだから〟

泣く泣く口説かれて、仕方なく戻ってきたのだと鉄棍が明かした。

「艶児さんは雨が降る夜中に一人で客桟を出ています。土地勘があったとしても不自然です。理由に心当たりはありませんか?」

「寝る前に、あいつと大喧嘩しました。一人で謝りにいくと言うから『やめろ』ととめて言い合いに……」

「一人で謝りに?」

艶児が突然「別れる」と言いだした。葉宅へ行き「坊ちゃんを誑《たぶら》かしてすみませんでした」と謝って身を引けば、もとの跡取り息子に戻れるだろうからと。

思わぬことに憤《いきどお》り、喧嘩の末にふてくされて先に寝た。

未明に目覚めると艶児は姿を消していた。賭場の稼ぎで買った傘が見当たらず、怒りにまかせて捨てに出たのだろうと思い込んだ。

「土砂降りのなか、きっと一人で葉家に謝りにいったに違いありません。俺のために出ていって、そのせいで死んだに違いない！」

泣き崩れる鉄棍の言葉で、ハッと春燕は思い当たる。

……傘。

石頭胡同の現場。竹林のなかに折れ傘が打ち捨てられていた。

「もしかして紅《あか》い傘ですか？」

「は……い」

とたんに耳に女幽鬼の声が蘇る。

〝ごめん……なさ……い。ほんとに……ませ……〟

風に吹き消される前、途切れ途切れに幽鬼がそう言った。

後妻の言いつけに従って、鉄棍の気を惹いた艶児。駆け落ちしろと指図され「一緒に逃げましょうよ」と彼をそそのかした。

けれど艶児は、しだいに鉄棍を愛するようになったのではないだろうか。自分のせいで将来が台無しになるのを見ていられず「京師に戻って、やり直してほしい」と願うようになった。

〝ごめんなさい、坊ちゃん。本当にすみませんでした〟

言い残したのは謝罪でも、伝えたかったのは愛ではないかしら？

「だから、傘のそばに留まったんだわ」

恋人のそばへ帰りたかったに違いないわ、と春燕は推測した。

牢のなかの鉄棍に「気をしっかり持って。必ず助けます」と言い聞かせて踵《きびす》を返す。

「行きましょう、許秀才！」

「傘が何ですって？　女吏どの」

「現場に傘が落ちていたんです。鉄棍が買ってあげた艶児の傘です」

「つまり遺留品ということですね。犯罪の証拠になりそうですか？」

「わかりません。少なくとも捜査がきちんと行われていない証拠になると思います。そもそも捕役たちに踏み荒らされて現場はめちゃくちゃでした。あんな様子じゃ、鉄棍が犯人だという証拠を捜すのも難しいと思います。足跡がたくさんで……」

前夜の雨でぬかるんでいた現場の泥道。牛捕頭に突き飛ばされて晴れ着の裾を汚したことを、春燕は思い出し、

「あ。変だわ……」

ピタと立ちどまって足もとを見た。

子游が訊く。

「おかしいとは何がです？」

「道についてた足跡……草鞋《わらじ》でした。捕役たちの履《は》き物は草鞋じゃありません」

「ええ、彼らは布靴ですね。ちなみに艶児の遺骸も草鞋履きではありませんでした。いましがた会った鉄棍は片足だけ布靴。もう一方はどこかで脱げたとみえます。ということは現場に第三者がいたかもしれません」

「もう一度見ないと確かなことは言えません。でも、足跡は一人分じゃなかったと思います」

……いったい誰の？

疑うところに子游が言った。

「実は僕も〝変だなぁ〟と思っていたことがあるんです」

「何でしょう？　教えてください」

「不思議に感じませんでしたか？　遺骸に残された刺し傷の話です。教えたでしょう？」

「刺し傷……はい、八カ所あって、深いものはうち三カ所」

「数ではなく場所です。致命傷となるほどの深い傷は、ここと、ここと、ここ」

背、脇腹、胸、と子游が順に自分の体を指し示す。

途中で春燕は「あ」と気がついた。

「不自然だわ」

単独犯によって殺されたにしては傷の位置が不自然だ。正面、横、背後と、三方向から艶児は刺されたことになる。一カ所でさえ絶命するほどの深傷《ふかで》を負わせていながら、倒れたのをわざわざ起こして何度も刺すとは思えない。

「もしかして艶児は、何人もに襲われて?」

複数犯だったとすれば足跡の説明もつく。

そういえば、と春燕は振り返る。

見鬼術を用いて幽鬼の声を聞いたとき、あとから寄ってきた子游が竹林をのぞきながらこう言った。

『もしかすると単独犯ではなく、複数による犯行かもしれません。逃亡犯が近くに潜んでいる可能性もあります』

……もしかして、あの時点で気づいていたんじゃあ?

でなければ、艶児の骸や捕役たちの履き物まで目ざとく確かめるだろうか。飄々としたそぶりで現場に立ちながら、子游はあのとき早くも犯人像に迫っていたのでは？

何て賢いのかしら、と感心すると同時に、だとすると自分の推測も当たっているかもしれないと勇気づけられる。

「きっと、そうよ」

雨上がりの明け方、石頭胡同の竹林近く。

一人で葉宅へと急ぐ途中、艶児は草鞋履きの一味に殺された可能性が高い。

鉄棍は犯人ではない。

「捜査し直すべきだわ！」

弾かれたように春燕は走りだす。

四

女史舎に戻って江女吏頭にかけ合った。

「聞き込みさせてください。お願いです！」

書類仕事の手をとめ、江女吏が眉根を寄せた。

「今回は簡単に〝いい〟とは言えないわ、春燕。単なる様子見とはわけが違うもの」

表立って捜査に乗り出すことになる。これから女吏班を背負っていくあなたが心配よ、とたしなめられた。

「あなたも聞いていたでしょう？　秀推官は、遺骸と容疑者の移送を捕役たちにお命じになったわ」

「はい。でも〝捜査着手を承天府で行う〟ともおっしゃいました。わたしたち女吏も承天府の役人です。捜査を支えるのは捕役だけじゃありません」

「勝手をすれば司馬検校から叱られるし、牛捕頭には挑戦状を叩きつけるようなものよ」

「老《ろう》司馬への報告には、わたしを行かせてください。牛捕頭とは、これまでもうまくいったためしがありません」

「強情だわ、春燕……」

「秦氏の息子に無実の罪が着せられるかもしれないんです。殺された艶児のためにも、見過ごしにできません」

女幽鬼の儚い影と、息子を想っておいおい泣いていた秦氏の姿が蘇る。鉄棍を特別に贔屓するつもりはないが、やはり思い入れがある。

江女吏が困り顔で沈黙した。

春燕は深々と頭を下げた。

「気遣ってくださるのはわかります。ありがたく思ってます。それでもやっぱり、お願いします！」

江女吏が「仕方ないわ」とうなずいた。


翌日。

「行くわよ、玉梅！」

「はーい」

朝早くから正西坊に出た。

石頭胡同付近を丹念に聞き込みしてまわる。

不審者を見ないか。客桟や貸間に怪しい客はないか。これまで近所で若い女が襲われたことはなかったか。

「でも、春燕さん。あたしたち日ごろから真面目に見まわりしてるじゃないですか。いまさら新しい話が出てきます？」

「事件のあとだからこそ聞ける話があるかもしれないわ。人が寝静まる時間の犯行だったけど、雨を気にして起きていた人もきっとある」

早朝出勤の官吏の召使いや、朝市に出かける物売り。そういうものたちが犯人を目撃していないとも限らない。

「手分けしましょう。わたしは最初にお寺で聞いてくる」

二手に分かれて訊ねてまわる。隣組の長や、話し好きのもの、早耳の住人からももれなく話を訊く。

「一昨日の明け方、雨のなかや雨上がりの道を急ぐものを見ませんでしたか？」

「見なかったなぁ」

「不審な男が泊まりませんでしたか？　二、三人連れ……もしかしたら四人連れかもしれません」

「近ごろは一人客ばかりだよ」

「紅い傘をさす若い女を見たことは？」

「若い女？　さあ、知らないね」

担当街坊なので顔見知りも多く、協力的な住人もある。しかし足を棒にして聞きまわっても、なかなかこれといった情報は得られない。

「春燕さぁん、お昼です。雲行きもちょっと怪しくなってきたし、休みましょうよぅ」

「あと少し。もうちょっとだけ。風雲酒楼で聞いたら休憩にするわ」

張家胡同で玉梅と落ち合い、馴染《なじ》みの酒楼のまえに来た。

酒楼主人が大鉄板でジュウジュウと包子《パオズ》を焼いている。

「やあ、王女吏！　今日も元気に走ってるね」

道行く客を「買った買った、旨いよ」と誘いつつ声をかけてよこした。

春燕は駆け寄って、

「こんにちは、ご主人。一昨日の石頭胡同の事件で聞き込みしています。協力をお願いできますか？　雨の明け方、怪しい男たちを見かけなかったかどうか」

助けてほしいと頼むと、主人が「よしきた！」と言って引き受ける。店内の給仕を使って客に訊ねてくれるが収獲はなしだ。

「春燕さん、約束ですよぉ。お昼にしましょ」

玉梅にせがまれて酒楼に入りかけたところで、春燕ははたと道の向かいに目をやった。

大きな水瓶《みずがめ》の脇で子供が二人、身を寄せ合いながらこちらを眺めている。

「あれは……」

〝掻《か》っ払《ぱら》い兄妹《きょうだい》〟だ。許子游に最初に出会ったときも、ああして風雲酒楼の向かいにいた。

どこかからくすねてきたのか、二人して油条《揚げパン》をむしゃむしゃやっている。兄が狗児《くじ》で、妹が鼠児《そじ》という名前だと聞いている。たまに気にかけて菓子や果物を与えたこともあったが、いっこうに懐かず、目が合ってもプイッと逸《そ》らされてばかり。

なのに今日は、

……ずっと見てるわ。どうしてかしら？

ためしにニコと微笑《ほほえ》んでみると、兄の狗児が「フフン」と白けたように笑って、すっくと立って寄ってきた。

煤《すす》で汚れた頰をグイと拭き、睨《にら》むようにこちらを見上げて、

「姉ちゃん、あいつの友達だろ？　一緒に仕事してんのか？」

ぶっきらぼうに訊かれて春燕は答える。

「〝あいつ〟……ええ、玉梅なら同僚よ」

「違う違う。女じゃなくて男だよ。おかしなもんを目にくっつけた学生さ。こないだ鼠児を助けてくれたんだ。姉ちゃん、怒って連れてったろ？　けど、別の日に仲よさそうに一緒に飯を食ってた」

「あ！　許秀才のこと」

狗児が「こないだ」と言うのは〝食い逃げ事件〟のことだと気がついた。

「許秀才はわたしたちの上司になるかたよ。一緒に仕事しているわ」

「そうかい、ちょうどいいや。あいつに借りができたまんまで困ってたんだ。姉ちゃんに返したら、よろしく伝えてくれる？」

「ええ、引き受けるわ」

油条をよこすつもりかしら？　と思っていると、狗児が手招きして「耳を貸せ」と言った。

「紅い傘の女を探してんだろ？　このへんで紅い傘っていったら瑠璃廠《るりしよう》近くの『銀福荘《ぎんふくそう》』のケチ婆《ばばあ》のことさ。高利貸しだよ。大の男が何人も泣かされてるけど、堅気《かたぎ》は知りっこない。賭場の出口で待ち構えて、大負けしてるヤツを狙って貸すんだもん」

ヒソヒソ声でそう教える。

聞いて春燕は目を丸くした。

「高利貸し。銀福荘主人が紅い傘を持っているの？」

「うん。毎月二十日《はつか》の朝に決まって、店から家まで石頭胡同を通って銭を運ぶんだ。けど、あの日は土砂降りだったろ？　泥んこになるから先延ばししたに決まってる」

紅い傘。

高利貸し。

大の男が泣かされている。

「石頭胡同を通って、銭を……」

はた、と春燕は悟った。

「もしかして、紅い傘のせいで高利貸しに間違われた？」

艶児は人違いで殺されたのかもしれない。

そう考えると辻褄《つじつま》が合う。貴重な手がかりだ。

「ありがとう、狗児。助かったわ！」

狗児の頭を撫《な》でると、すばやく風雲酒楼に飛び込んだ。

「玉梅！　玉梅、どこ？」

「ここですよ、春燕さん。焼き包子、何個頼みますぅ？」

「手がかりが見つかったわ！　聞き込みで〝若い女〟と言ったから捜せなかったのよ。もし知っていたとしても、賭場や高利貸しに詳しいと外聞が悪いから教えてもらえなかったのかもしれない！」

「早口で何言ってるんだかわかりません。それよりお昼にしましょうよぅ」

「犯人も人違いなら、被害者も人違いよ。とにかく早く府庁へ！」

店を出て駆けだすと、あとから玉梅がパタパタ追ってきた。

「もぉー春燕さんったら！　食べ物の恨みで祟《たた》ってやるんだからぁ」

南城から駆けに駆けて承天府に戻り、吏員部屋に駆け込むと、老司馬のそばで江女吏が訴状の写しをやっている。

今日も見学に来たのか、書棚のまえに許子游の姿もある。

春燕はずんずん歩み寄ると、パッと江女吏の手を取り、ついでに子游の袖をつかんで「ちょっと来てください」と引っ張った。

人目のない廊下の隅まで二人を連れていく。

「張家胡同の狗児が教えてくれました。銀福荘という高利貸しの女主人が、紅い傘を持っているそうです。博徒たちから恨まれているようで、艶児は彼女と間違えて殺された可能性があります」

鉄棍の審理を至急とめてくださいと懇願《こんがん》した。

「銀福荘を調べて犯人を突きとめます。真犯人が見つかれば、鉄棍は無実の罪で死なずにすみます！」

江女吏頭が顔をしかめた。

「春燕。お裁きは明日の正午と決まったわ」

「えっ」

春燕は驚愕《きょうがく》する。

許子游が悠長な口ぶりで言う。

「秀推官の上申を受けて、府尹閣下が刑部に問い合わせました。歳末ということで〝簡便な案件であるから承天府でそのまま裁いて、三日以内に判決のみ上げよ〟と至急の通達が来たんです」

つまり〝年末の処刑に間に合わせよ〟という命令です、と子游。

春燕は思わず声を上げる。

「そんな！　人命のかかった裁判を、お役所の暦《こよみ》に合わせろだなんて無茶です！」

「僕も少々残念に思います」

「鉄棍が犯人でなければ秀推官の汚点になる、とおっしゃったじゃないですか。どうにかなりませんか？　許秀才」

「うーん。決定を下したのは刑部なので、刑部の汚点になるでしょう」

「わたし、いまから銀福荘へ行きます！　真犯人を捕まえてきます！」

勢いよく踵を返したところで、ギュウと役服の袖をつかまれた。

「あっ」

「うわぁ？」

春燕の勢いに負けて子游がつんのめり、ゴロンバタンと廊下に倒れ伏す。

江女吏と玉梅が慌てて助け起こした。

「あいたた……すごい力だ」

よろめきながら子游が起き上がり、

「まあ、そう慌てずに〝鬼女吏〟どの。死んだはずの高利貸しが生きているとなれば、犯人どもも気が気でないはずです。年内に厳しく借金を取り立てられますからねぇ。ところで空模様を見ましたか？　明日にかけて雨が降りそうです。邪魔な相手を始末するのにうってつけ……そうは思いませんか？」

五

許子游が言った。

「秀推官とは昔馴染みで、まんざら話が通じない仲ではありません。しかし僕は検校着任を控えた身です。あまり出すぎた真似もできません。女吏どのが、ご自身で直訴してください。推官閣下を口説き落とさなければ、真犯人逮捕はありません」

春燕は意を決して、江女吏とともに執務室を訪れた。

艶情小説の〝郎君〟のごとき秀推官の美貌《びぼう》を仰いで、緊張のあまり背筋が強《こわ》ばり、喉《のど》がカラカラに干上がった。

司馬検校に一人で対面したのも先日が初めて。従六品《じゅうろくひん》官僚である推官とは口をきいたことはおろか、まともに目を見交わしたことさえない。

最初に江女吏頭が嘆願した。

「南城女吏班の江と申します。推官様にお願い申し上げます。石頭胡同で起きた殺人事件の容疑者として捕らわれている葉鉄は、実は事件に関わっていないと思われます。どうか真犯人を捕らえて裁いてくださいますように」

ついで春燕もそろそろと顔を上げた。

秀推官が冴えたまなざしをこちらに注いでいる。

麗《うるわ》しい顔に見とれる余裕はいまはない。それどころか整った容貌がかえって無慈悲に感じられ、冥府《めいふ》の閻魔王《えんまおう》のように恐ろしく見えた。

「わ……わたしは、女吏の」

喉がつかえて声が出ず、キュウと肩をすぼめると、秀推官が言った。

「述べるべきことがあれば忌憚《きたん》なく述べなさい。御上《おかみ》の定められた法によって、女吏にはその権利と責務が与えられています」

〝女吏の権利〟

叱咤《しった》に励まされて、ぐ、と勇気が湧いた。

「同じく女吏班の王春燕です。本件の犯人は高利貸しに恨みを抱く悪党どもで、被害者の艶児は高利貸しに間違われて殺されたと見ています。丁寧な捜査をすれば、必ず真犯人にたどり着けます。でももし、逮捕をお急ぎになるようでしたら、策を講じてはいかがでしょうか？」

一介の女吏が、雲の上の推官に向かって思い切って進言した。

「策？」と訝《いぶか》しむ秀推官を、春燕はまっすぐ仰ぎ見る。

「犯人どもの狙いは、高利貸し銀福荘主人の殺害と、銭の強奪だったと思われます。彼らに対して作戦を仕掛けるのはどうでしょう？〝銀福荘主人が銭を運ぶ〟と噂を流して、わざと襲わせるんです。そうすれば犯行現場を押さえられ、一味をいっぺんに捕らえることができます」


夜半、ぽつぽつと雨が降りだした。

宮城《きゆうじよう》の瓦《かわら》を焼く瑠璃廠は、南城正西坊と宣北坊《せんほくぼう》のあいだにある。界隈は栄えて人通りも多く、酒楼の連なる街路の奥には秘密の賭場もある。

暗い裏道に男どもが集う。

「聞いたか？」

「ああ、聞いた。くそっ、婆め、生きてやがる！　だが間抜けな役所が別のヤツを捕まえたってな。俺たちはまだツキに見放されちゃいねぇ」

「どうする、やるか?」

「やるなら明朝……」

危うい相談がまとまり、雨の夜がしだいに更けていく。

未明。

賭場から近い路地に『銀福荘』と小さく看板を掲げる高利貸しがあって、その裏口がギイイと音を立てた。

行灯《あんどん》の灯りが小雨《こさめ》のなかにともり、サッと傘が開かれる。

女が一人、歩みだす。

あとから大柄な用心棒もあらわれた。

「姐《ねえ》さん、物騒です。お宅までお供しなくて本当に大丈夫ですかい?」

女がしわがれ声で答える。

「馬鹿にするんじゃない。あたしを誰だと思ってるんだい。いつもどおり胡同の手前で引き返して構わないよ。人殺しはもう捕まったんだから心配ない」

女は傘をさし、用心棒は笠を被って、連れ立っていく。

行灯に照らされる傘は暗い紅色だ。晴れた昼間なら鮮やかな紅だろうが、闇のなかなので乾いた血の色に見える。
　しとしと、ひたひた。
　二人は無言で歩んで、やがて寂しい辻に差しかかった。
「それじゃ姐さん、失礼します」
　小腰を屈めて用心棒が去った。
　女がぽつんと辻にたたずむ。
　土道のぬかるむ石頭胡同。竹林も雨に濡れそぼっている。
　ぐ、と泥を踏んで女はふたたび歩みだす。
　紅い傘の陰《かげ》でキリリと表情を引き締めるのは春燕だ。
　悪党どもをおびき出すために銀福荘主人に化けた。
　……どこから来るかしら？
　薪《まき》小屋、古井戸。近くに身を隠す場所が数カ所ある。
　ひたひたと一人きりで竹林のほうへ歩む。
　心臓が早鐘のように打つが、意識は澄み、恐れはない。
　行灯の照らす足もと以外は真っ暗闇だ。雨音と自分の履音《くつおと》のほかは何も聞こえない。
　細道を下る途中、わずかな人の気配がした。

泥を踏む音。息遣い。

……来た！

ハッと傘の柄を握って身構える。

突如《とつじょ》、ビシャビシャッと足音を立てて男どもがあらわれた。

「いたぞっ」

「やっちまえ！」

怒声とともに三方から突きかかられる。

春燕はパッと傘で防いで身をかわす。

「婆め、死にやがれ！」

襲いかかる男を避けて横へ跳び、泥道に倒れながら指笛を吹いた。

ピイイッ！

声をかぎりに叫ぶ。

「あらわれました！　犯人です！」

応じて銅鑼《どら》が「ジャン」と高く響いた。

あたりがにわかに騒然とし、草むらから、竹林から、寺院の裏庭から、大勢がワッと駆けだしてくる。

軍服の兵士だ。

飛ぶように集まる数十の提灯《ちょうちん》に〝南城兵馬司〟と厳《いか》めしく記されている。

またたく間に犯人どもを取り囲み、

「動くな、神妙にせよ！　艶児殺害、及び、銀福荘主人殺害未遂容疑で逮捕する」

悪党三人が「アッ」と立ち尽くした。

「く、くそぅ……騙しやがった」

雨のなか、ひしめくのは百名を超える捕り手《とて》。兵馬司所属の兵と、承天府の捕役も交じっている。

泥だらけで傘を拾い、春燕はすっくと立ち上がった。

「捕まえたわ」

縛り上げられる犯人どもを、ぐっ、と見据えた。

牛捕頭が「フン」と言ってそばに寄ってきた。笠を被った用心棒役だ。

「出しゃばってくれたな、女吏が」

捕らわれた犯人どもは、兵士に打たれ蹴られして気絶寸前となっている。

兵馬司を率いて作戦に当たった武官が悠々とあらわれ、あとから秀推官、そして許子游もやって来た。

「やあ。お手柄でしたね、女吏どの」

子游はこんな時まで悠長な顔色。のんびり口調で褒められたとたん、春燕はとたんにガクガクと震えだした。

「あ」

驚いて手脚《てあし》を見下ろし、詰めていた息を「ほう」と吐く。

思うよりずっと緊張していたらしい。「囮《おとり》を務めさせてください」と秀推官に願ってから、力が入りっぱなしになっていた。

「いえ……わたしの手柄じゃありません。真犯人を逮捕できたのは、許秀才の妙案のおかげです。それに、表向きは承天府が解決したことにならないと聞いてます」

「それでも手柄は手柄です。女吏班の活躍に、僕は惜しみない拍手を贈ります。兵馬司との交渉については秀推官に拍手を。ところで……この囮作戦が僕の発案だということは内緒にしてください。まぁ、たぶん、聞かなくても海波はとっくに見抜いているだろうけれど」

そう耳打ちして、子游が悪戯《いたずら》っ子のように目を笑わせた。

引っ立てられていく犯人どもを眺めて、春燕は胸にギュッと傘を抱いた。

さしてきたのは艶児の紅い傘。竹林に捨てられていたのを拾い、急いで直して持ってきた。

幽鬼は風に吹かれて失せたが、きっと艷児はどこかから見守っていたに違いない。もしかしたら作戦のあいだ怖《おそ》れずにすんだのは、彼女の助けであったかもしれない。

……犯人を捕らえたわ。鉄棍は助かるわ。

どうか安心してと、春燕は胸のうちで呼びかけた。


翌日、艷児殺しの犯人は速やかに大理寺の獄に送られた。

過去にも悪事を働いた不良どもなので、余罪を追及した上で斬刑《ざんけい》申し渡しの裁可を仰ぐと決められた。

鉄棍は承天府の牢から釈放された。

捜査のためなので容疑者として酷《ひど》い扱いを受けても抗議のしようがない。牢を出る際には「命があっただけ儲けものだと思え」と牢番から声をかけられた。

「とにかく艷児を弔《とむら》ってやりたい。手を貸してもらえませんか？」

疑いが晴れたことへの喜びは微塵《みじん》も見せず、亡き恋人を思い遣《や》るばかりの鉄棍に、春燕は非番を返上してつき合った。葉家の使用人であった艷児のために葉大人にかけ合い、ささやかな葬儀の手配をした。

葉大人は、跡取り息子が一時殺人犯として捕らわれたので、すっかり憔悴《しょうすい》しきっていた。そもそも幽鬼事件の時点でだいぶ痩《や》せていたのが、一気に十歳も年を取ったように衰《おとろ》えた。聞くところによると、京師での商いをすべて畳んで、城外に引っ越すつもりでいるという。男児を産んだばかりの妻が「よしてちょうだい」と泣いて頼んでも「運気を取り戻すにはそれしかない。夫が決めたことに妻が逆らうもんじゃない」と突っぱねて聞く耳を持たないとか。

「ねえねえ、春燕さん、びっくりですよ！　さっき長春茶荘《ちょうしゅんちゃそう》の甜品師《てんぴんし》から聞いたんです。茶荘が売りに出されるっていう話が広まって、真っ先に名乗りを上げた買い手が、何と秦氏なんですって！」

正確には秦氏の末の弟。江南で堅気でない暮らしをしていた秦末弟《まってい》が、姉に味方して長春茶荘を買う気になった。

秦末弟は、甥《おい》っ子の鉄棍が艶児とともに江南を出たのを心配し、あとを追いかけて京師に上ってきていた。途上、通州《つうしゅう》というところで偶然、姉の秦氏と出会ったのである。

息子の上京を知って驚いた秦氏は、末弟とともに京師に戻り、泣く泣く艶児を見送っていた鉄棍と再会した。

『鉄や！』

『母さん……ああっ、母さん！』

ひしと二人が抱き合うところに雨が降りだした。

春燕は鉄棍の傘を取って、そっと母子の頭上にさしかけた。染みるように紅い傘が、雨を受けてパラパラと優しい音を立てていた。

「年内に丸く収まって、ほんとによかったですね。気持ちよく女吏頭を送り出せるし、年も越せます！」

色紙で造花を作りながら玉梅がニコニコと満足そうに笑う。薄紅《うすべに》に染めた爪で手早く花弁をつまんでいる。

不器用に見習いながら春燕はうなずく。

「鉄棍は葉家と縁を切って秦家に入ると聞いたわ。茶荘のこととあわせて、本当によかった」

どうか彼らに佳《よ》い年が訪れますように。

心の底からそう祈る。

六

年の瀬。

江女吏頭、退職の日。

バタバタと女吏舎に慌ただしい足音が響いた。

「春燕さぁん、早く早く。何してるんですか！」

「待って、玉梅。花を持ってこなくっちゃ。他班に頼んだ寄せ書きもまだ届かないわ」

「花はあたしが取ってきます。寄せ書きもいいけど、やっぱりお金が大事じゃないですか？　ご祝儀袋は持ちました？　中身はちゃんと入ってます？」

手のあいた女吏たちで集まり、江女吏を送り出そうと決めていた。

しばしば野花《のばな》を摘んでは窓辺を飾り、後輩を優しく慰めてくれた江女吏。お礼に花を贈りたかったが、あいにく冬で咲いているのは梅くらい。かわりに色紙で五色の花簪《はなかんざし》をこしらえた。

薄給のなかから少しずつ出し合って餞別《せんべつ》も包んだ。よその班から「わたしも」と申し出てくれる同僚が次々とあらわれ、江女吏の人望が偲《しの》ばれた。

「誇らしいわね、玉梅」

「ほんとです。後任もしっかりしないとですよ、春燕さん」

発破《はっぱ》をかけられて「そのとおりだわ」と背筋を伸ばした。

手続きをすませて江女吏が出てくるのを待っていると、牛捕頭が手下どもを連れてあらわれた。門近くにたむろして、どうやら見送りに加わるらしい。

意外だわ、と春燕は感心する。

実は石頭胡同事件解決後に、ひと悶着《もんちゃく》あったのだ。捜査報告書を牛捕頭に書かせようとした司馬検校に、秀推官が命じた。

『この度の書類は、女吏に作らせるように。解決の決め手となったのは、南城女吏班によってもたらされた情報でした。作戦の速やかな手配も、日ごろの細やかな民情把握《はあく》の成果でしょう。重大事案として三法司に上げる報告書です。事情に通じたものが記すべきです』

退職を前にたしなめられて、老司馬はシュンと肩を落とし、手柄を得損ねた牛捕頭は地団駄を踏んだ。

江女吏はいつもどおりの丁寧な仕事で報告書を書き上げたが、最後に〝江〟と自分の名を記すときだけ新しく墨《すみ》をすり直した。仕上げた書類綴《つづ》りを、彼女が一晩胸に抱いて眠ったことを、春燕は知っている。

……花道ができてよかった。

幽鬼事件のとき、江女吏への餞《はなむけ》になるように頑張ろうと気を張った。あわよくば女吏の活躍が京師中に知られますように、とも。

けれど今日の花道は、江女吏自身が地道に築いてきたものに違いない。

春燕は花簪を手にして門の脇に立ち、スウと深呼吸する。

いまかいまかと見守っていると、府庁おもてに背の高い官員があらわれた。

見慣れない姿だ。

誰かしら？　と思ってよくよく眺めると、

「あっ、許秀才？」

官服に身を包んだ許子游が、猫背でぶらぶらと歩んできた。

「やあ、皆さん、こんにちは。司馬大人が退職の手続きを終えたので、推官閣下から〝早速着てみろ〟と急《せ》かされました。どうです？　似合いますか？」

緑色の袖をひらひらと動かし、晴れ着姿の娘のようにはしゃいでいる。

春燕のまえに来て、わざとらしく手を拱《こまね》くと、

「どうでしょう。感想を聞かせてください」

春燕はまじまじと見て答える。

「襟《えり》が歪《ゆが》んでいます。帯も官員らしくきちんと着けたほうがいいと思います。それから帽子は……」

途中を遮《さえぎ》って玉梅が褒める。

「わぁ、許検校様！　素敵ですぅ。見違えちゃいましたぁ」

悠長に官服の試着を楽しむ子游に、はたと思い出して春燕は告げた。

「そういえば、お伝えするのが遅くなってしまいました。狗児から伝言を預かっていたんです」

「狗児？　どなたでしょう？」

「張家胡同に暮らす幼い兄妹の、兄のほうです。風雲酒楼の焼き包子の……」

「ああ！　わかりました。彼は狗児というんですね。それで伝言は何と？」

悪党に狙われた銀福荘主人について、狗児が情報を提供してくれた。〝食い逃げ〟の件はそれで帳消しだと、伝言を頼まれていたのだった。

真犯人逮捕のための囮作戦を編み出したのは、子游。

妙案への礼は伝えたが、狗児の伝言が後まわしになっていた。夢中で事件を追うあまり、今回も感謝が疎《おろそ》かになったと春燕は反省する。考えてみると助けられてばかりだ。

真新しい官服を着込んでも、いま一つしっくりこない〝許検校〟。

襟の合わせ方は甘いし、袍《ほう》も何となく着崩れている。そもそも髪をきちんと梳《す》き上げていないので烏紗帽《うしゃぼう》のおさまりも悪い。見た目が隙だらけで、実は知恵者だということをつい忘れる。

玉梅の褒め言葉に「はぁ、どうも」と半笑いで応じる子游を、春燕はまっすぐ仰ぎ見た。

……不思議な人。

あらためてそう思う。

石頭胡同の事件解決後、子游の言葉をじっくり顧《かえり》みた。安泰記での唐突なウンチク話が、ずっと頭の隅に引っかかっていた。

『替え玉を供えれば大団円で終わるだろうか、という話です』

古の軍師が河を渡るために、生贄の代わりに饅頭を作って神に供えたという昔話。

〝替え玉〟

もしかするとあれは、艶児が誰かの代わりに殺されたということの暗示だったのではないかと、あとになって気がついた。とすると子游は、銀福荘主人のことが明るみになる前から、事件の真相を見抜いていたことになる。

いったいどうやって？　と、うんうん考えたあげく、

『そうだわ……たぶん許秀才は、京師に戻った鉄棍たちが誰とも関わらなかったことを知

って、事件の真相を推測したんだわ』

饅頭話を持ち出す直前、彼は言った。

『牛捕頭たちの調べによると、鉄棍たちが客桟に入ったのは事件前日の昼。京師に着いたその足で投宿しています。その後は部屋に籠もりきりで、二人を訪ねたものはなく、艶児が何者かに呼び出された形跡もないとのことです』

現場には複数人の足跡が残され、艶児の遺骸は多くの深傷を負っていた。行きずりの犯行ではなく、狙い澄ました襲撃のようだった。犯行は夜で、しかも雨天であったことから、人違いによる殺人事件ではないかと、子游は瞬時に推理したのだろう。

すごいわ、と春燕は感心する。

仰向いて、眼鏡の奥の瞳を探るようにのぞくと、子游が解《げ》せない顔になる。

「もしや僕の顔に何かついていますか？」

「いえ……何だか不思議な手妻《てづま》みたいだと思って」

「はぁ、そんなに不可思議な面相でしょうか？　秀推官の美貌には遠く及ばないものの、目と鼻と口の並び順はさほど珍妙でないつもりなんですが」

それほどヘンテコでしょうか？　と困る様子が滑稽《こっけい》だ。知らないものが見たら、風采《ふうさい》の上がらないぼんくらと思うことだろう。

事件を鋭く見通す知恵者なのに飄々として偉ぶらない。怪異にばかり夢中の変人かと思いきや、肝心《かんじん》なときには頼もしく力を貸してくれた。

言葉を交わせば、はぐらかされたり煙に巻かれたり。時には「まあ！」と腹立たしく思ったり。けれど、

……ほんとに面白い人。

いったい頭のなかはどうなっているのかしらと、しみじみ観察していると、

「やだぁ、二人して何見つめ合ってるんですかぁ？」

ぱんっ、と玉梅に背中をはたかれた。

とたんに春燕は我に返る。

「失礼しました、許秀才。そうだ……お世話になったお礼に、今度ぜひご馳走《ちそう》させてください。狗児にもお礼をしなくっちゃ。風雲酒楼で食事はどうでしょう？　子供たちが一緒でも構いませんよね？」

彼らを庇《かば》って〝食い逃げ犯〟になるくらいだ。子供好きに違いないと思って訊いてみると、

「あいにく、子供はどちらかといえば苦手です」

「えっ、そうなんですか？　鼠児を助けていたから、てっきり……」

意外に思うところで、江女吏が出てくるのが見えた。

春燕はハッとそちらへ向き直る。

ようやくあらわれた江女吏はすでに役服から着替えて私服姿になっている。薄紫の上着に玉色《ぎょくいろ》の裙子《スカート》。けして派手ではないが、これまで見たことのある非番の日の服装よりも、一段華やかなように春燕には思われた。

同僚女吏が次々と近づき、別れを惜しんだ。

「お疲れさまでした、女吏頭」

「十年間、よくお勤めになりました。お名残《なごり》惜しいです」

「たまには府庁に寄って顔を見せてくださいね……」

春燕は玉梅とともに最後に近寄った。

江女吏が晴れ晴れとした笑顔を見せた。

「春燕、玉梅。二人には特にお世話になったわ。どうもありがとう」

どうか元気で、と。

万感を込めて挨拶《あいさつ》を交わす。

しみじみ告げ終わるか終わらないかのところに「プオォー」と場違いな喇叭《らっぱ》の音がした。

驚いて春燕は振り返る。

「何なの？」

音のほうを見ると、門外に派手な驢馬車《ろばしゃ》がやって来る。紅い布で覆《おお》われ〝双喜《そうき》〟の切紙や蝶《ちょう》結びで飾り立てられている。

……婚礼かしら？

だとしても承天府の門前で停まるのはおかしい。注意しなければと駆け寄ろうとした瞬間「アッ」と春燕は仰天した。

牛捕頭たちがこぞって驢馬車に駆けつけ、丁重に客を迎えているではないか。

真っ赤な衣服を着て驢馬車を従え、頭髪の薄い頭を掻きながらあらわれたのは老司馬だ。

「司馬検校？」

あっけにとられつつ、ふと見ると、となりに立つ江女吏が顔色をなくしていた。

牛捕頭が大声で言った。

「さあ野郎ども、お祝いだ！　司馬様、江女吏……おっと違った、司馬夫人！　ご結婚おめでとうございます！」

ワッと声を上げて捕役らが喜び、春燕をはじめ女吏一同はシィンと沈黙した。

花婿《はなむこ》姿の老司馬がやけに軽い足どりで、江女吏の近くにやって来た。

「何だ？　恥ずかしくて内緒にしていたのか？」

「……はい、そうです」

「めでたいことなんだから隠すもんじゃない。おまえが結婚できたと知ったら、同僚たちも喜ぶじゃないか」

さあ、と老司馬が引っ張るようにして江女吏の手を取り、

「ああ、オホン！　皆々、静粛に聞きなさい。江氏はわしの妻となって、一緒に田舎に行くことになったのだ。このとおり幸せだから安堵《あんど》せよ。今後は一切苦労せず、わしの面倒さえみてくれたらいい」

手を取られて顔を伏せた江女吏が、チラと一瞬まなざしを上げてこちらを見た。

気弱な目だ。どんな難題に遭っても、一度もそんな様子は見せたことがなかった。まるで「消え入りたい」と訴えるようだ。

春燕はとっさに飛び出し、パッと江女吏を抱き締めた。

「女史頭！」

ギュウゥと強く抱いて、相手の肩に顔を埋めた。

女吏になって三年。修練期間を含めたら四年。至らない後輩のぶんまで重荷を負ってくれた先輩女吏の肩。思うように仕事ができず、悔しくて、そこに涙を落とした日もあった。

根気強く他人の悩みに耳を傾け、分かち合おうと努める人だ。

事なかれ主義で見栄っ張りの老司馬が、江女吏頭の性格や美点を深く理解しているとは思えない。ただ単に妻に迎えるのにちょうどいいから結婚するのではなかろうか。

……心から望んだ縁組なら、女吏頭はわたしたちに打ち明けてくれたはず。

〝身の振り方を考えなさい〟と言った江女吏の心に思いを馳《は》せる。〝あなたは、わたしのようにならないで〟と伝えたかったのでは？

カッと頭に血が上り「行かないでください！」と叫びそうになるのを堪《こら》えて、春燕は江女吏に告げた。

「どうかお幸せに。わたしたち祈ってます。強く、心から願ってます」

震えかける声に、ぐ、と力を込めた。

同時に自分にも言い聞かせる。

江女吏は幸せを求めて、その道を選んだに違いない。

粘り強く地道で、誠実な人柄だ。どこへ向かおうと、誰のそばを歩もうと、彼女の行く先には必ず幸福が待っている。

「信じてます。きっと素敵な未来が開けます。江女吏頭なら幸せをつかめます。それから……」

「春燕」

「わたし、あなたのような女吏を目指します。きっとです！」

抱き締めていた腕を解き、互いにしかと目を見交わした。

玉梅と二人して作った花簪を、江女吏の髪に挿す。

喇叭がけたたましく鳴り響き、捕役どもが歓声を上げている。

「よかったなぁ、江女吏。もらい手があって」

「尽くしてくれる奥方ができたんですから、うんと羽を伸ばしてくださいよ。司馬様」

わざとらしい〝前祝い〟を仕組んだのは彼らに違いない。老司馬が「よせよせ」と照れて小遣いをふるまっている。

江女吏が日ごろの顔色を取り戻し、

「何よりの餞だわ、王女吏。頑張って」

ぽん、とこちらの肩に手を置いて、初めて涙を滲《にじ》ませた。

同僚たちが皆して手を振る。

牛捕頭が滑稽な踊りで祝っている。合間に何度も拳《こぶし》で目を拭《ぬぐ》うところを見ると、彼にとって老司馬は〝よき上司〟だったらしい。反りの合わない同僚にも意外な面があったのだと、春燕はほんの少しだけ見直した。

紅い驢馬車に揺られて、江女吏は老司馬とともに承天府をあとにした。

見送りのあと、女吏舎に引き上げながら玉梅が愛らしい口を尖らせて毒づいた。

「チッ、老いぼれ！　チッ、馬鹿捕役ども！　春燕さぁん、老司馬のこと〝老いぼれ〟なんて呼んだら、江女吏に叱られますかぁ？　あーあ、気分悪い！　早退《はやび》きして甘いものでも食べに出ましょうよぅ。甜々楼《てんてんろう》の蜜菓子《みつがし》にします？　それとも蝶花茶荘《ちょうかちゃそう》で豆花《トウファ》？」

見ると、官服姿の許子游も引き返すところだ。推官の執務室のほうへ行くから秀推官のところだろうかと、春燕は見やる。

ふと足をとめて子游がこちらを振り返る。

カチと目が合うと、おっとりした様子で拱手する。

春燕もしゃんと背筋を正して手を束《つか》ねた。

遠くて声は届かないが、それでもまっすぐ挨拶をする。

「これからどうぞよろしくお願いします。〝許検校〟」

そうして晴れ渡る歳末の天を仰ぎ見た。

……そう。これからよ。

誓った人たちに恥じないように、きっと優れた女吏になる。

青く高い空を、晴れやかに飛んでみせる。

「見まわりに出ましょう、玉梅！」

声をかけるところに、ちょうど一人の童僕《どうぼく》があらわれた。

承天府まえの道をハタハタ駆けてきて、門柱の陰からひょこっと顔をのぞかせる。

「あのぅ……」

威張った門衛《もんえい》がすかさず叱る。

「何だ、小僧！　ここがどこだかわかっているのか！」

「すみません、お許しください。言いつけられて人を探しにきたんです」

春燕はくるりと踵を返して寄っていく。

「どんなご用でしょう？」

「実は……主人が怪しい物音に悩まされて寝込んでいます。怪事《かいじ》に詳しいお役人があるから、承天府へ行ってお連れするようにと言われて来ました」

お名前がわからないんです、と童僕がベソをかく。

春燕はスウッと胸に寒気を吸い込んで、

「女史の王春燕です。お話をうかがいます」

三

女吏とぐうたら検校が巡り会うこと

一

それは十年も前のこと。

〝憧れの人〟に会った。

春燕《しゅんえん》はいまでも時おり、その日のことを夢に見る。

まだ十五歳で、白鷺山《はくろさん》で老いた女道士《老仙姑》に仕えていた。

白鷺山道観《どうかん》は由緒ある道教寺院で、熱心な信者であった当時の皇太后《こうたいごう》がたびたび行幸しては参拝に訪れた。

道観に有能な見鬼者《けんきしゃ》がいると、お付きから聞き及んだらしい。あるとき皇太后のお召しがあって、春燕も師とともに貴人に見《まみ》えることになった。

それまでにも皇太后一行を遠目に眺める機会はあった。

女道士《おんなどうし》といっても人の子だ。山に上がって間もない見習いや、若い道士たちは、こっそり物陰《ものかげ》から一行を透かし見て「あれが雲の上の貴婦人がたよ」と囁《ささや》き合っていた。

御前に召されたと聞いて春燕は飛び上がるほど驚き、前の晩はドキドキして一睡もできなかった。

『そちが幽鬼《ゆうき》を見るという仙姑《せんこ》かえ？　となりの娘も同じ力を持つのかえ？』

おっとり訊《たず》ねる皇太后も、周囲に従う侍女《じじょ》たちも、そのまたお世話係らも、煌《きら》びやかな衣をまとい、まばゆい装身具を揺らして、仰ぎ見るのが憚《はばか》られるほどだった。

……まるで仙界から降りてきたみたい。

春燕は恐縮し、彼女たちから漂う薫香《くんこう》にくらくらとのぼせた。

ふと一行の端に目をやると、皆と異なる様子の女性が一人いた。

清らかな白襟に地味な青色の衣《ころも》。裙子《スカート》は少し丈が短めで、裾《すそ》から鞋先《くつさき》が見えていた。ほかの皆は薄地の袖《そで》で手もとを隠し、団扇《うちわ》や飾り数珠《じゅず》を弄《もてあそ》んでいたが、彼女だけはすっきり見せる素手を胸の下にきちんと重ねていた。

皇太后が鷹揚《おうよう》な口ぶりで宣《のたま》った。

『ぜひ見てみたいものだ。見鬼の術というものを』

すると地味なお付きがすばやく動いてこちらに来た。慌《あわ》てたようではなく、騒がしくもなく、まるでサッと風が吹いたような身動きだった。

『陛下が見鬼術をご覧になりたいと仰せです。可能でしょうか？』

凛《りん》とした声音《こわね》。キリリと礼儀正しい態度。

……何て素敵！

ハッと見とれて春燕は目が離せなくなった。

ととのった顔に化粧気はなかったが、装いを凝《こ》らす貴婦人たちに少しも見劣りせず、かえって浮き立つように美しく感じられた。

数日経《た》って、見鬼術の披露を終えたあと。

『わたくしは女官《じょかん》です。宮中では翠筆《すいひつ》と呼ばれています』

〝翠筆女官〟

ようやく彼女の名前を聞き出せた。珍しい経歴の持ち主なのだと、あとから知った。

『もとは女吏《じょり》だったのです。女吏を知っていますか?』

『いいえ、知りません』

『京師《みやこ》で市中の民のために働くものです。とてもよい仕事です』

薬草摘みの途中、翠筆女官を見かけて思い切って話しかけた。

摘んだ草を並べて、春燕は地面に〝女吏〟と書いてみた。

翠筆女官に訊《き》かれた。

『将来は道士になるのですか?』

『たぶん、そうだと思います』

『なりたいと願うわけではないのですか?』

『わかりません。ただ……ここしか居場所がないんです』

『お名前は？』

『春燕です』

春の燕《つばめ》と書きますと教えると、どんな絹服よりも、金銀の飾りよりも、いっそうまばゆい笑みをキラリと翠筆女官が浮かべた。

笑みに励まされて心に浮かんだことを口にした。

『わたし、なってみたいです！　女吏に』

翠筆女官が嬉《うれ》しそうにうなずいたと思う。

『願えば叶うものだと、わたくしは思います。ぜひ目指してください』

『はい！　あの、それで……翠筆様のいらっしゃるところへ行くには、どうしたらいいですか？』

訊くと、翠筆女官がツッと地面へ手を伸べた。薬草で書いた〝女吏〟の字から一本取り上げて、

『〝吏〟の頭に被せられている〝一〟をこうして取ると〝史〟という字になります。〝女史〟というのは女官になって最初に賜《たまわ》る位です。初々しい燕なら、きっとできるでしょう。阻《はば》むものをサッと銜《くわ》えて、空高く舞ってください。待っています』

＊　＊　＊

細道と石畳《いしだたみ》の坂が多い蓬草巷《ほうそうこうじ》の朝。

「姉さん。まだ寝てる？　お粥《かゆ》ができたわよ、姉さん」

通りのなかほどに『薬王堂《やくおうどう》』と看板を掲げる二階家《にかいや》がある。

春燕の実家である。

「姉さん、起きて！」

何度目かの呼び声に、春燕はパッと目を開けた。

冴えない榛色《はしばみいろ》の普段着に、かろうじて女結いに直した髪。膝《ひざ》には火の気の失せた手焙《てあぶ》りをのせたままだ。夜遅くに薬王堂を訪れて、着替えもせず、寝台に横たわりもせずに、窓辺の机に突っ伏して寝てしまった。

「いけない！」

読書しようと本を開いたところで眠りに落ちたので、借り物を傷《いた》めやしなかったかと気にかけた。慌てて手に取るのは、お気に入りの小説本だ。

「起きたわ。ありがとう。お粥をいただくわ」

本の無事を確かめ、ササッと着替えに取りかかった。

上衣を脱ぎ捨て、薄茶の裤子《ズボン》から脚《あし》を引き抜き、手早く着込むのは男服。浅葱色《あさぎいろ》の役服《やくふく》に袖を通すと、帯に筆記具を吊し、形見の葫蘆《ころ》をキュッと結ぶ。

髪を男結いに束ねるところで、妹の彩菊《さいぎく》がトントンと上がってきて部屋の入り口に顔を出す。

「父さんはじきに薬市《くすりいち》の寄り合いから戻るわ。年が明けて最初の市だから忙しいの。母さんもすぐに用事をすませて帰るから」

二人を待って朝食にしましょうと言われて、春燕は「ごめんなさい！」と謝った。

「出勤前に寄らなきゃいけない先があって。二人を待ってたら詰所《つめしょ》に出るのに間に合わない。お粥を食べて急いで出なきゃ」

「もう！　そうやっていつも駆け足なんだから。いつになったら家族でゆっくりできるんだか」

腰に手を当てて彩菊がプリプリと怒った。

「父さんも母さんも、それからうちの人も、姉さんが帰ってくるのを楽しみにしてるのよ。もちろん、あたしだって」

「わかってる……昨日は非番だったけど、急な呼び出しで半日潰《つぶ》れたの。それから洗濯したら遅くなっちゃって。悪かったわ。次は必ず一日あけて、ゆっくり帰る」

「本当に？　姉さん、遠慮してるんじゃなくて？」

「もちろんよ。家族だもの」

本の包みを片手に、春燕は階段を駆け下りる。

実家はおもてが薬舗《やくほ》、奥が母屋《おもや》になっている。両親と一つ違いの妹、そして妹の夫が暮らしている。

王家《おう》は承京《しようけい》城外に良田《りようでん》を持つ地主で、かつては有望な官僚に娘を嫁がせるほど栄えていた。ところが二十年前を境にぷっつりと勢いが途絶え、いまでは伝来の土地を守るほかは、親族に小商いを持たせる程度の暮らしぶりである。春燕の父は現当主の従兄弟《いとこ》で、若いときから京師で薬舗を営んでいた。

「絶対よ、姉さん。約束なんだから」

膨らみの目立ちはじめたお腹《なか》を抱える妹に向かって、春燕はあらたまって拱手《きようしゆ》する。

「妹妹《メイメイ》の赤ちゃんにも、このとおり約束」

そこに妹の夫の呉季朴《ごきぼく》が姿を見せた。

「あれ、義姉《ねえ》さん。もしかしてもう帰るんですか？」

「ええ、あいにく急ぐの。お粥をいただいたら出るわ。彩菊をよろしくね」

「よろしくだなんて水臭《くさ》い。ここは義姉さんの家じゃないですか」

呉季朴は優しくて実直な男だ。薬王堂で坐堂医《ざどうい》として働き、近所からも〝若先生〟と頼りにされている。妻思いの季朴を春燕も信頼している。

……よかった。幸せそうで。

彩菊が炊《た》いてくれた粥を大口でかき込み、穏やかな実家の空気を胸に溜める。

春燕は王家の実子ではない。

養女としてもらわれたのは五歳のときだった。

最初は薬王堂ではなく、ゆえあって白鷺山道観に預けられた。

『不便でしょうが、きっとこのほうがいい。京師で暮らすよりも安全だ』

『春燕様、そのうち必ず迎えにきます』

いままでは「春燕、春燕」と気安く呼びかけてくれる両親が、初めは〝様〟をつけて自分を呼んでいたことを、ぼんやり覚えている。

『よろしいですか、春燕様。怖かったことは、どうか全部忘れてください。思い出してはいけません』

しばしば白鷺山まで足を運んでくれた父が、真剣な面持《おもも》ちでそう繰り返した。言いつけを守って過ごすうち、実の家族のことも、ほんの幼いころの出来事も、山に漂う深い霧《きり》の向こうに遠ざかってしまった。

「春燕姉さん、女吏の仕事は辛くない？」

粥のお代わりをよそってくれながら彩菊が訊く。彩菊も父母に連れられて少女のころから白鷺山に来てくれた。実の姉妹と変わらず慕ってくれる可愛《かわい》い妹だ。

漬物を頬張《ほおば》りつつ春燕はブンブンと首を横に振る。

「辛くなんかないわ。なりたくて女吏になったんだもの」

「五年前、姉さんに会いに白鷺山へ行ったとき、あたしが〝女吏試は嫌だ〟って言って泣かなかったら……」

「ううん、打ち明けてくれてよかった。おかげで憧れの仕事につけたのよ」

ずっと夢見ていたのよ、と春燕は妹に言い聞かせる。

憧れはしたものの、どうすれば女吏になれるかわからず白鷺山で過ごした日々。世話になった老仙姑を置いては去れないという思いもあった。

やがて老仙姑が亡くなり、少しして彩菊から「一年後に女吏試があって、蓬草巷からも受験者を一名出すよう、お達しがあった」と聞かされた。「年ごろの娘で読み書きができるのは、あたしだけ。呉家《ごけ》との縁談を断って応じなきゃいけない」と泣かれて、一も二もなく還俗《げんぞく》を決心した。

「あのとき縁談が流れてたら、いまの幸せはなかった。季朴さんも、あたしも、家族みんなで姉さんに感謝してるの」

「こちらこそよ、彩菊。女吏になれたのは妹妹のおかげ。熱々のお粥も美味《おい》しかった。おかげで元気に走れるわ。それじゃあ行ってきます！」

役服姿でキリッと拱手すると、新春の街に勢いよく飛んで出た。

本を小脇に抱え、履《は》き古した布靴で春燕は走りだす。

駆けると帯に結わえた葫蘆が軽快に揺れる。実の親の形見はそれ一つきり。

「今日こそ本を返さなきゃ。酔春堂《すいしゅんどう》が開いてるといいけど」

詰所に出るまえに貸本屋に寄るつもりだ。長く借りたままの小説本を返して、あわよくば新作を手に入れたい。暇を見つけて読み耽《ふけ》るのは、女性主人公と〝郎君様《ろうくん》〟の恋物語。京師の女子のあいだで流行中の艶情《恋愛》小説である。

行きつけの『酔春堂書舗』は、周囲に寺の多い翠花胡同《すいかこどう》という場所にある。

休まず駆けつけると、早起きの酔春堂主人が「いいところに来た」と迎えてくれた。

「いらっしゃい、王女吏。好みに合いそうな本がちょうど入ったよ」

春燕は「やった！」と手を叩く。

「桃花源《とうかげん》先生の新作ですか？　もしかして宮中が舞台の秘密の恋？　それとも仙界の悲恋

でしょうか?」

「読んでみてのお楽しみだ」

焦《じ》らす主人に本を返して「新作は〝後宮物〟でありますように」と期待する。

憧れの宮中。庶民《しょみん》にはうかがい知ることのできない雲の上。

『初々しい燕なら、きっとできるでしょう。阻むものをサッと銜えて、空高く舞ってください』

待っています、と。ついいましがた聞いたばかりのように〝憧れの人〟の声が蘇《よみがえ》る。

……いまごろどうしていらっしゃるかしら?

春燕は思いを馳せる。

その人は宮中に上った唯一の女吏だったと、のちのち知った。女吏になったあと、ためしに江女吏頭に訊ねてみたが、ただ〝伝説の女吏〟がいたと伝え聞くだけで、翠筆女官について詳しいことはわからなかった。

『〝伝説の女吏〟について知るのは難しいかもしれないわ。宮中へ上がったら、もとは女吏だったことを隠すんじゃないかしら? 名誉な身分ではないと思うから』

老司馬《ろうしば》に訊いてみようと言ってくれたが、迷惑をかけると思い遠慮した。

女吏にとって女官は、さしずめ雲上の天女。十年余りも前のこととなると、任期の限られた同僚にとっては、あずかり知らぬ過去になる。先帝が崩御して女吏への期待も薄れた現在「いずれ女官となって宮中へ」などと大それた望みを抱くものもない。

それでも、

……変わらず凛々《りり》しく、清々《すがすが》しいたたずまいでいらっしゃるかしら？

懐かしく面影を思い浮かべるところで、酔春堂主人が言う。

「桃花源先生の作品は京師娘たちに大人気だ。まともに待ったら二月《ふたつき》はかかるし、年始はどの本屋も貸し賃を上げる。常連の王女吏は特別待遇だ。ほら」

渡される新作を受け取り、春燕は嬉しさに飛び跳ねた。

「ありがとうございます！　大切に読みます。傷まないように、こうやって上着の懐《ふところ》に入れていきます。ああっ、頁《ページ》を繰《く》るのが楽しみ……今回はどんな郎君様かしら？」

期待に胸を膨らませ、本を抱き締めて酔春堂を出る。

心はウキウキと弾んでいる。

「そういえば今朝は夢見がよかったんだわ。あの夢を見た日は、必ずいいことが起きるんだった」

還俗を決心した日。女吏試に受かった日。初めて事件を解決して人から感謝された日。どの日も決まって、翠筆女官との出会いを夢に見た。

少女のときの誓いは変わらずくっきりと鮮やかだ。

……待っていてください。きっと、おそばに飛んでいきます。

早朝の道を、勢いよく春燕は駆けていく。

二

国子監《こくしかん》近くの風雅な茶館。

薄青《うすあお》色の制服をまとう官学生《かんがくせい》の姿がチラホラとある。

いずれ官僚となって国政を担《にな》うという自負に満ちた彼らは、背筋をしゃんと伸ばし、鼻先を上向けて、詩作について語り合ったりなどしている。

界隈《かいわい》でも格別上等な店なので、懐具合の寂しいものは上がれない。集《つど》うのは小綺麗《こぎれい》な身なりの客ばかり。

ところが、

「おい、あれを見ろ。何て見苦しいヤツだ」

「衣が継ぎ当てだらけだ。物乞いじゃないのか?」

「あんなのがうろつくと国子監街の評判に関わる。皆で追い出してやろう」

隅のほうの卓に目立って貧相な客があり、先ほどから注目を集めていた。猫背でじっくりと菜単《品書き》を眺めるばかりで、いっこうに注文しない。どうやら待ち合わせとみえる。

やがて、あとからもう一人がやって来た。

「子游《しゆう》、すまない。だいぶ待たせてしまった」

「やあ、海波《かいは》。遅かったねぇ」

咎《とが》める視線をよこしていたものが、いっせいに「おっ」と目を瞠《みは》った。

「あれはもしかして〝美秀郎《びしゅうろう》〟……秀給事中《しゅうきゅうじちゅう》じゃないか？」

「いや、年明け人事で承天府《しょうてんふ》に異動になったから、いまは秀推官《すいかん》だ」

向かい合って卓に着く二人は何とも言えず好対照。

貧相なほうは継ぎ当てだらけの上着をぞろりと羽織り、皺《しわ》くちゃの帽子を被って、鬢《びん》やうなじに後《おく》れ毛《げ》がそよぐというだらしなさだ。

対して遅れて来たほうは、見るからに貴公子然とした容姿。玉色《ぎょくいろ》の絹服をまとい、寒風も避けて通るほど優雅な風情を漂わせている。

貧相才子《さいし》は許子游《きょ》。

貴公子は秀海波だ。

菜単《さいたん》を隅から隅まで見終えて子游が言った。

「ずいぶん上等な茶館だねぇ。下手《へた》に飲み食いすると、うんとお代を取られそうだから、お茶を一杯だけもらおうかな」

海波がいかにも慣れた様子で給仕を呼んだ。

「いまから飲ませる茶は、貢茶《こうちゃ》を産する茶園のとなりで採れるものだから、早速お役に立ってもらうぞ。友よ」

〝美秀郎〟と称される麗顔《れいがん》でニッコリと笑まれて、子游は「参ったなぁ」と肩をすくめた。

伯爵家の次男の海波とは幼馴染《おさななじ》みである。

同い年で、少年のころから学堂でともに学び、そろって官学生になった。海波一人が先に登用試験合格を勝ち取って、すでに官僚となっている。

こうして海波に呼び出されるのは初めてではない。

昨年まで刑科給事中《けいかきゅうじちゅう》という職にあった彼から、再三にわたって「仕官するか、もしくは幕客《ばくきゃく》となって自分を手伝え」と口説かれていた。

『許家《きょけ》はそもそも刑学に通じた家柄だろう。しかも、おまえは猟奇《りょうき》事件の類《たぐい》に目がなく、講談も公案物と聞けばすぐさま飛びつく物好きだ。今回の誘いにぴったりじゃないか。そもそも郷試《きょうし》第一位の許子游が、いつまでそうして燻《くすぶ》っているつもりだ。御上《おかみ》に対して申し訳ないと思わないか？』

『うーん、思わないねぇ。僕なんかが仕えたら国が傾くと思うもの』

『尻込みせずに、ためしに出仕してみろ。もしも国が傾いたら、わたしがもとへ戻すから』

『美秀郎を煩《わずら》わせてけしからんと、京師じゅうのご婦人に恨まれるのは怖いなぁ』

『そうしたら庇《かば》ってやる』

『うーん……吏《り》部《ぶ》、戸《こ》部《ぶ》、礼《れい》部《ぶ》、兵《へい》部《ぶ》、刑《けい》部《ぶ》、工《こう》部《ぶ》に、一部足して〝怪《かい》部《ぶ》〟を新設するっていうなら、次の試験を第一位で通るよ。トントン拍子に出世して怪部尚書になる』

のらりくらりと断ったが、海波はいっこうに諦《あきら》めない。婦人好みの優しげな見た目とは裏腹に、友は案外な硬派だ。

『とびきり有能な友があると、すでに御上に申し上げてしまった。いったんお耳に入れたことを容易《たやす》く取り消せない。御上がいかに京師の犯罪率の高さを憂《うれ》えておいでか、おまえもわかっているだろう？』

給事中は位の低い官職だが、将来有望な新人官僚が任じられる。朝議の場にも加わって、皇帝直々《じきじき》の下問に応じて意見を述べる近侍職《きんじしょく》だ。

海波は弁舌の清々しさと姿の美しさで、たちまち皇帝に気に入られ、古参の老官僚を差し置いて私的に宮中に招かれるほどの信頼を得た。

『陛下は常々、煩悶《はんもん》なさっておられる。〝京師に悪人がはびこるのは、人と人との縁が薄いからに違いない。知人同士には気遣いも生まれるが、見知らぬ相手には遠慮がなくなる。悪事を働いても身元がわからなければ捕まらないと小人は思い込む。このままいくと承京は前代未聞の犯罪都市になりかねない〟と』

皇帝の御名を掲げて口説かれたが、それでも子游は「うん」と言わなかった。

ところが、

「それはそうと、子游。いったいどうして宗旨《しゅうし》替えをした？」

臘月《ろうげつ》も下旬になって突然「検校《けんこう》になってもいい」と返事をしたことが、海波はよほど不思議でならないらしい。

運ばれてきた茶の香りを、くん、とかいで子游ははぐらかす。

「さあ、どうしてかなぁ？」

二十年来の友らしく、海波が「ふむ」と目を細めた。

「まあ、いい。出仕の理由はおいおい探り当ててやろう。それより、せっかく勤めたんだから挨拶《あいさつ》まわりくらい真面目にしておけ。府尹閣下《ふいんかっか》から〝風体の怪しいものが府庁内をうろついている〟と小言を食らったぞ。罪人を追う前に、直属の部下が捕らえられてはかなわない」

日ごろの服装もあらためろと言われて、子游はひょいと肩をすくめる。名茶の芳香をひとかぎしただけで、早くも椅子《いす》から立ちかけた。

「面白い事件は歓迎だけど、堅苦しいのは御免だなぁ。豸史《ちし》どのの手下というだけで十分気疲れする。知ってのとおり僕は怪異が好きなんだ。常になく珍しいものにしか心が動かないんだよ」

面倒な柵《しがらみ》や上官への追従《ついしょう》は苦手だよと、ヘラヘラ笑いで断った。

宮仕えは元来、人づきあいがものを言う。

年明けのいま時分、役人たちは手に手に進物を抱えて年始まわりに余念がない。

仕事は持ちつ持たれつで、根まわしや忖度《そんたく》が欠かせない。上司に気に入られれば得するし、嫌われたら出世の希望はない。贔屓《ひいき》や足の引っ張り合いはしごく当たり前。

けれど、そういうありふれたことには興味がないのだと、さっぱり言って子游は立ち上がる。

海波が「待て」と引き留めた。

「本来わたしよりもずっと優秀なおまえが、そうまで官界や役所を嫌うのは、やっぱり彼のせいか？　もう二十年近くも前になる。学館で一緒で、許家に一時身を寄せていた……」

言いさす友をひょいと振り返り、子游は「いいや」ときっぱり否定した。

「過去は関係ない。単に性に合わないだけさ。ここだけの話、ちょっと勤めてつまらなければ、さっさと隠遁《いんとん》しようと思ってる。田舎へ引っ込んで畑でも耕そうかなぁと」

「子游。それでも男子か？」

「うーん、どうかなぁ」

それじゃあこれで、と手を振り、友を置き去りにして外に出た。

忙《せわ》しなく人の行き交う新年の街路を、子游はぶらぶらと悠長な足どりで行く。

「知ったもの同士がせせこましく集う宮中や朝廷にだって、立派に悪がはびこるじゃないか」

そんな皮肉を言うとお仕置きされそうだ、と。苦笑いしながら向かうのは、神廟《しんびょう》や寺の多い街坊《がいぼう》である。

子游は許家の次男。

許家は刑法実務に通ずる幕客を出してきた家柄だが、祖父が進士《しんし》となって中央官界に職を得た。父もかろうじて京師の役所に籍を置き、兄は地方で県知事をやっている。

子游は兄よりも早く童試に受かった。幼いころから目立って利発で〝許家の星〟〝未来の大臣閣下〟と親戚中から期待をかけられた。

邸《やしき》の近所に名高い学館があって、そこに六歳から通った。海波とはそこで知り合った。

ほかにもう一人、同い年の学友がいた。親しくなって二年と経たないうちに、とある事件のために行方知れずとなった。

「ああ、やめよう、やめよう。湿っぽいのは好きじゃない。どこかに心浮き立つ怪事はないかなぁ？」

気晴らしにと訪れたのは翠花胡同《こどう》。

行きつけの書店の戸口を子游はぶらりとくぐる。

『万怪書楼《まんかいしょろう》』と扁額《へんがく》が掲げられている。

「ごめんください。こんにちは」

応答がないので戸口の呼び鈴をチリンチリンと鳴らすと、ほどなく主人が忙しそうにあらわれた。

「お待たせして申し訳ありません。おや、先生、いらっしゃい」

「お呼び立てしてすみません。もしや向こうで接客中でしたか？」

万怪書楼は怪奇趣味専門の書店だが、書楼裏手にもう一軒、別の趣向の本屋が営まれている。

書楼主人が首を振る。

「ああ、いえいえ、書棚の整理をしていたもので。あっちは明け方に、お一人借りにきただけです。令嬢がたがしきりに使いをよこすのは午後でしょう」

「あちらは繁盛しているようで何よりです。こっちは閑散《かんさん》としてますねぇ」

残念です、と言って子游は手近な本を取る。長いこと常連でいるが、これまで万怪書楼が混雑しているのを見たことがない。

「〝千怪《せんかい》先生〟の筆名で書いた僕の小説も、売れ行きのほうはさっぱりでしょう？　父が小遣いを出してくれなくなったから、自分で稼がなければと気合いを入れて仕上げたのに」

「はぁ……屍《しかばね》が主人公というのは、さすがに怪奇が過ぎましたかねぇ」

「ただの屍じゃありません。僵尸《キョンシー》です。僵尸が乾尸《コンシー》と死闘を繰り広げる長篇を構想してたんです。全二百回を超える大作になるはずだったのに、たった一巻で打ち切りだなんて」

「しかしまあ、死体しか出てこないんじゃあ、やっぱり……あっ、先生、どうか気を落とさずに！　その代わり酔春堂のほうにいただいた御作は相変わらず大人気ですからね。明け方に来た客も、それはそれは熱烈な読者です。新作が入ったと知らせたとたん、目をキラキラさせて、頬をポッと染めて、ピョンと飛び跳ねて喜んで。ですから、ぜひ気張って続編の執筆を」

頑張ってくださいと励まされて、子游はしょんぼりうなだれた。

うだつの上がらない官学生や貧乏役人が、生活のために文売《ぶんばい》に手を染めることはよくある。どうせなら趣味を生かしてみようと怪奇小説を書いたが、何度原稿を持ち込んでも売れ行きが思わしくない。ところが書楼主人に「一度、趣向を変えてみては？」とすすめられて書いた艶情《えんじょう》小説が大当たりした。いまでは〝承京三大艶情作家〟の一人に数えられている。

「目がキラキラで、頬がポッ……京師人《みやこびと》の悪趣味にはガッカリです。桃花源なんていう不出来な筆名は犬に食わせてしまいたい。おや、面白い本が入りましたね？　『見鬼術と使《し》鬼術《きじゅつ》』……ふむふむ」

興味深い書籍を見つけて、子游はたちまちそちらに熱中する。

「見鬼術というのは別の本でも読んだことがあります。いわゆる巫術《ふじゅつ》の一種です。それぞれの土地に根ざした民間信仰に取り込まれて、いろいろな名で呼ばれます。鬼術、口寄せ、招魂……等々。ちなみに巫蠱《ふこ》の術は禁止されていますが、こういう民間呪術、霊術の類は他愛ないものとして目こぼしされているんです。うん、この本はなかなか面白い。買いましょう！」

嬉々《きき》として懐に入れようとするのを、サッと書楼主人が取り上げた。

「申し上げにくいんですが、ツケがだいぶ溜まっておいでです。こちらの本は、次作の約束と引き換えにお渡しするということでいかがでしょう？　桃花源先生」

早々に艶情小説の次巻を。

そう迫られて子游は「うーん」と頭を悩ませた。

「ちょっとひと歩きして考えます。荒唐無稽《こうとうむけい》な色恋を書くには、だいぶ神経をすり減らすんです。怪奇ならスラスラ出てくるのに、まったく惜しいなぁ」

すごすごと万怪書楼を去って、ふたたび街に出た。

そろそろ昼時で街路はどこも賑わっている。〝新春大売り出し〟の貼り紙があちこちに見える。

「腹が減っては戦《いくさ》ができない。昼食にしよう」

中城《ちゅうじょう》あたりは料理屋も値が張るので南城《なんじょう》に出ようと思いつき、ぶらと足を向けてみる。俸給がまだなので銭入れの中身は多くない。〝桃花源先生〟の稼ぎはすぐに本代となって消えてしまう。

のんびり歩んで南城へ来て、当てもなくぶらぶら行くと張家《ちょうけ》胡同に出た。

ぷぅんと旨《うま》そうな匂いが漂ってくる。見ると、大きな鉄板でジュウジュウと包子《パオズ》を香ばしく焼いている。

「旨いよ、旨いよ！　風雲酒楼《ふううんしゅろう》名物の焼き包子だよ！　素通りできるもんなら、してみるがいい。たちまち涎《よだれ》を垂らして引き返すに決まってらぁ！」

聞こえる威勢のいい呼び声に、昨年臘月半《なか》ばの出来事をふと思い出した。

あの日もふらりと南城を訪れた。

包子を焼く大鉄板を、道の向かいからジイッと見つめる子供が二人いた。

幼い兄妹。酒楼主人が店内に引っ込んだ隙《すき》に、彼らがパッと駆けだし、目にもとまらぬ速さで包子を引っつかんだ。

『わぁ、早業《はやわざ》だなぁ』

まるで雀《すずめ》が飛び立つように逃げるのをあっけにとられて見ていると、途中でコロンと少女が転倒した。熱い包子を取り落とし、拾おうとして蹴躓《けつまず》いたのだ。

「鼠児《そじ》っ」

兄が引き返して助けようとした。

酒楼主人が店内から引き返すのが見えて、とっさに「いけない」と考えた。

むろん盗みを働いたのは子供らで、酒楼の親爺《おやじ》は被害者だ。けれど幼い子が罪を犯さねば生きていけない世の中に、いったい誰がしただろう？

柄にもなく鉄板目がけて駆けだした。

『ああ、馬鹿《ばか》だ。いよいよ退学だ……』

京師で犯罪が多発するのは当たり前。皇帝が雲の上で憂えるとおり、人同士の交わりの薄さが原因の一つに違いない。見知ったものには遠慮をするし、嫌われたくなければ悪事を遠ざける。人が他者との繋《つな》がりを尊ぶのは、一人で生きていけないと本能的に知るからだ。

人目を気にしなければ獣《けもの》と同じ。京師は言うなれば獣の住み処《すか》だ。他人が困っていても見ぬフリが当然で、お節介を焼くのは怪異奇事に等しい。

……だけど、せめて幼い子には、獣じゃなくて人だというところを見せたいじゃないか。もしかするとそれが小さな希望になって、次は盗みを思いとどまるかもしれない。誰かが困るのを見て、今度は彼らが手を貸すかもしれない。

逃げ遅れた兄妹を庇おうと、すばやく銭入れの有り金を振り落とし、鉄板の包子をむずとつかんだ。

「何してやがる！」と酒楼主人の怒声が飛んだ。

包子の熱さに驚き、石畳《いしだたみ》に足を取られて尻もちをついた。

道行くものが騒ぎに足をとめ、たちまち人垣ができたが仲裁しようというものはない。薄笑いで眺めるもの。囃《はや》し立てるもの。知らんぷりで避けて通るもの。

……やれやれ。

と、そこに、タタタッと軽やかな足音がした。

『風雲酒楼のご主人？　どうしました？』

ハキハキした声で問いかけ、拳《こぶし》を振り上げる酒楼主人を「やめてください」と機敏にとめた。

小柄な役人。

市中を見まわる捕役《ほやく》にしては威圧的でない。歳《とし》のころは二十四、五歳か。急いで駆けつけたとみえて、息を弾ませ、栗《くり》色の瞳をパッチリ見開いて。

〝わたしが何とかしよう〟

顔つきと姿勢から、そういう意志がはっきり見て取れた。

唐突に、ワクッ、と胸が高鳴るのを子游は感じた。

……面白い。京師ではついぞ見ない〝怪異〟じゃないか？

『あなたは女吏ですね？』

友の厄介《やっかい》な依頼を引き受けてみようと、あのときふと心が動いたのだった。

過日と同じく風雲酒楼のまえにたたずみ、許子游は年明けの空を「フウ」と仰ぎ見る。

「たまには面白そうな事件もあるものの、そうそう奇々怪々な事案に出くわすわけじゃない。海波は口うるさいし、同僚はこぞってすり寄るし……」

やっぱり逃げだして田舎に隠れ住もうかなぁ、と。

企《たくら》むところに声が聞こえた。

「待ちなさい！　こらっ、逃げるな！」

折しも逃走を目論《もくろ》んでいたので、子游は「ひゃっ」と肩をすくめて振り返る。

こちらに向かって駆けてくる男がある。

小柄な役人が一人で追っている。

「女吏どの？」

王春燕ではないかと子游は気がついた。

賊《ぞく》を追い、風のように張家胡同を駆けるのは春燕だ。

見まわりの最中、手配犯に気づいて兵馬司《へいばし》に報《しら》せ、自《みずか》らも追ってきた。

胡同の出口に兵馬司が網を張って待ち受けている。春燕は反対側から追い詰める。

逃げる男が挟み撃ちに感づき、脇道を抜けようとした。

「おや、いけない」

子游は事態を察して手近な看板を押し倒す。バタンと倒れた看板に阻まれ、男は逃げ道を失った。

タタッと春燕が駆け寄った。

「観念しなさい。逮捕します！」

兵馬司がたちまち取り囲み、賊を縛り上げて連れ去った。

役服の胸を喘《あえ》がせて、春燕は協力者を仰ぎ見る。

「お力添えに感謝します。おかげで悪人を捕まえることができま……あっ？　許検校？」

目を丸くして驚嘆した。

「どうして、あなたがここに？」

子游はニコと笑って挨拶する。

「女吏どの、こんにちは。お役目どうもご苦労さまです」

怪我はありませんでしたか？　と問われて、春燕は「はい」と答える。

「こんなところで何をしてらっしゃるんですか？　府庁でお勤めの時間では？」

「秀推官に呼び出されて、さっきまで小言を食らっていたんです。耳が痛いので午後は半休を取ることにしました。ところで、今日も生きた人間を追いかけるので忙しそうですが、幽鬼がらみの事件はありませんか？　着任早々つまらない案件ばかりで、どうもヤル気が起きません。怪奇や猟奇なら喜んで仕事するんだけどなぁ」

奇妙な出来事はないですか？　と。

のんびり訊かれて春燕は、キッ、と腰に手を当てる。

「つまらない事件なんて一つもありません。怪しくても怪しくなくても、誰かが困っていたら解決しなくっちゃ。耳が痛むようなら、近くにお医者があるのでご案内します。こっちです」

グイ、と袖を引こうとするところで、お腹が「グゥ！」と鳴った。

昼食そっちのけで手配犯を追っていた。あまりに大きな音で鳴ったので、春燕は「しまった」と頰を赤らめる。

「わ、笑わないでください。朝にお粥を食べたきりで悪人を追いかけていたんです。捕まえたあとで食べるつもりだったんです」

慌てて腹を押さえると、懐に入れたものがちょっとはみ出した。

子游が目ざとくそれを見つける。

「笑ってはいません。仕事に打ち込んで偉いと、むしろ感心しています。僕は不真面目だから海波に小言を食らうんです。ところで、それは何の本でしょう?」

「本? ハッ、これは、その……」

隠そうとして春燕はうっかり取り落とした。

パサと石畳に落ちたのを、子游はやおら拾い上げる。

「『恋々雲上梅《れんれんうんじょうばい》』……桃花源先生著、酔春堂発行……小説本、ですか」

「かっ、返してくださいっ」

カアッとさらに真っ赤になって、春燕は大事な本を取り戻す。

「そうです。艶情小説です。京師の女子のあいだで大人気なんです。キラキラした素敵なお話で、宮中が舞台の恋愛物語です。寝る前や非番の日に読むと、大変だったことや悔しかったこともスウッと忘れられるんです。〝雲上譚《たん》〟の連作は桃花源先生のご著書のなかでも一番好きで、新作をいまかいまかと楽しみにしてて、今朝やっと手に入れたんです！」

ぎゅうっと本を抱いて春燕は言い募り、子游はがっくり肩を落とす。

「はぁ、では、もしかして……〝ポッ〟で〝ピョン〟は、あなたでしたか？」

翠花胡同の万怪書楼主人が言っていた。

『明け方に来た客も、それはそれは熱烈な読者です。新作が入ったと知らせたとたん、目をキラキラさせて、頬をポッと染めて、ピョンと飛び跳ねて喜んで』

だから気張って続編の執筆をと、急《せ》かされて閉口した。

「はぁ」と子游は長嘆息。

春燕は本を抱いてキッと相手を仰ぐ。

「ポッでピョン？　何をおっしゃっているかまったくわかりません。許検校、普段からもう少しわかりやすく発言を……」

「食事はどうでしょう」

「えっ?」

「先日〝ご馳走《ちそう》させてください〟とおっしゃったじゃないですか? ちょうど風雲酒楼が目の前です。いい機会ですから、焼き包子でも食べましょう。ああ、あそこに狗児《くじ》と鼠児もいるので、彼らが一緒でも構いません。腹が減っては戦ができません。事件を解決するにも物語を書くにも栄養が必要です。ところで女史どの、怪奇小説は読む気になりませんか?」

「なりません! 読むなら断然、艶情小説です!」

✣おわり✣

あとがき

『春燕《しゅんえん》さん、事件です！　女役人の皇都怪異帖』をお手に取ってくださり、ありがとうございます。

初めまして、真堂樹《しんどうたつき》です。

働く女子の中華ファンタジー……担当編集さんから「次はオレンジ文庫で書きましょう。中華モノでもOKですよ」とオファーいただいて、賑わう皇都で庶民《しょみん》として生きる主人公のイメージがパッと閃《ひらめ》きました。

ランチタイムを楽しみに忙しく働き、人気店の〝ご褒美喫茶〟に憧れて日々を過ごす王《おう》春燕。平日は帰るとヘトヘトでベッドに突っ伏し、せっかくの休日も洗濯と昼寝で終わりがち。

そんな一庶民の春燕を、主人公らしく魅力的に見せるポイントって何だろう？　と終始問いかけながら物語を綴《つづ》った気がします。

舞台となる承京《しょうけい》は、中国明代《みん》の北京《ペキン》を参考に描きました。

もしも北京城の歴史地図をご覧になるチャンスがあれば、ぜひ虫眼鏡を手にジッと目を凝《こ》らして見てみてください。作中に登場するのと同じ地名が幾つか見つかるかもしれません。

張家胡同《ちょうけこどう》や灯草胡同《とうそう》の〝胡同〟とは、道幅九メートルの道路です。商店街では道に面して様々な店舗が建ち並び、店主一家や従業員は奥の母屋《おもや》で暮らしていました。幅九メートルといっても、おもてに目立つ看板を出すものがあったり、風雲酒楼《ふううんしゅろう》のように大きな鉄板を置いてしまうものがあったり。馬車や輿《こし》も絶えず行き交うので、通りは相当ごった返し、さぞかし活気溢《あふ》れる様子だったろうと思います。

そんななか、春燕が息を切らして走りまわる。

女吏《じょり》の「吏」は「胥吏《しょり》」を意味します。

もともと「官吏」とは「官員胥吏」を略した語で、胥吏（吏員《りいん》）というのは土地土地の役所に勤める下級役人でした。

科挙《かきょ》に及第して中央政府から派遣される高等官僚（官員）は、とても身分の高い人々です。現在のキャリア官僚と同じで、赴任しても数年で余所《よそ》へ異動してしまう。なので、お役所の実務は土地在住の胥吏が引き受けて、官僚は彼らの監督官として勤めました。

庶民とじかに関わるのは胥吏たちで、税を酷《ひど》いやり方で搾《しぼ》り取ったり、賄賂《わいろ》や口利きといった不正を好き放題働いたり……彼らは、中華ドラマや小説などでたいてい悪者として活躍（？）しがちです。


「官僚も胥吏も男性ばかりでなかなかうまくいかないから、試しに女性に仕事してみてもらったら、京師《みやこ》の治安がちょっとはマシになるかも？」と、いかにも雲の上のかたらしいダイナミックな思いつきで、大永国《だいえいこく》の先代皇帝は女吏制度を制定しました。

女吏という仕事に憧れ、希望を抱いて役目に就いた春燕。

百万都市のなかで虐《しいた》げられがちな人々の味方となって、ついつい自分のことは後まわしにして奮闘する。思うようにいかないことも多いのですが、それでも何とか目のまえの事件を解決しようと懸命に走る春燕を、追いかけ、描いていくうちに「普通さがいいな」と、いつの間にか感じるようになりました。

これまでわたしが書いてきた主人公は〝若いのに悟りきったお坊さん〟とか〝闇《やみ》オチした中華な吸血鬼〟とか〝花街《はなまち》を守る青年リーダー〟とか〝常人離れした美貌《びぼう》の街の主人〟等々「普通」とは何となく縁遠いキャラクターたちでした。

彼らと違って、春燕を描く感覚は新鮮でした。お互い心地よくつき合っていけそうかな？」と、少しずつ様子を見ながら親しくなる感じと似ていたかもしれません。そうして春燕に寄り添ううち、子游《しゆう》や玉梅《ぎょくばい》やその他の面々にも、承京の京師にも、すっかり親しみと愛着が湧きました。

誰かの役に立とうと夢中で駆けまわる春燕のひたむきさ。若干あざとめな玉梅の愛嬌《あいきょう》。マイペースで飄々《ひょうひょう》とした子游のぐうたらぶり。普通人である彼らの日常の表情を、いまでは何とも言えず〝いいな〟と感じます。

できればふたたび物語に飛び込んで、風雲酒楼の包子《パオズ》を頬張《ほおば》ったり、安泰記《あんたいき》で炒飯《チャーハン》をかき込んだりしてみたい。子游行きつけの書舗で立ち読みしたり、艶《つや》っぽい灯草胡同をのぞいてみるのもよさそうです。流行《はや》りの茶荘での喫茶ははずせません。

わたしは中国茶が好きです。

緑茶、黒茶《くろちゃ》、紅茶……どれも美味《おい》しいですが、ことに武夷岩茶《ぶいがんちゃ》と鳳凰単叢《ほうおうたんそう》という青茶《あおちゃ》を好みます。

芳香を豊かに立ち上らせるアツアツのお茶は、飲むと体を内側から洗い清めてくれるよう。お気に入りの茶器で淹《い》れて一煎《いっせん》、二煎と味わううちに、まるでお酒に酔ったみたいに、ぽう、と温まって満たされます。

執筆に入る前に喫茶して「よし」と気合いを入れてPCに向かうのがルーティンです。いつかまた春燕と玉梅の休日喫茶風景をリポートしにいけたらいいなと思います。ちなみに担当編集さんは、子游と秀推官《しゆうすいかん》の幼馴染《おさななじ》みペアが気になる様子。読んでくださった皆さまにも「ぜひまた承京へ」と思っていただけたなら嬉《うれ》しいです。


素敵な装画は、シライシユウコ先生が描いてくださいました。

鮮やかでハッピーな色彩のなかから、ポォンと春燕が勢いよく飛びだしてきそうです。

願わくは桃花源《とうかげん》先生の新作を手にした春燕のように、弾む心地で物語をお楽しみいただけますように。

よろしければ、またいつか承京で。

二〇二四年　霜月　　　　　真堂　樹

※この作品はフィクションです。実在の人物・団体・事件などにはいっさい関係ありません。

集英社オレンジ文庫をお買い上げいただき、ありがとうございます。
ご意見・ご感想をお待ちしております。

● あて先
〒101-8050　東京都千代田区一ツ橋2-5-10
集英社オレンジ文庫編集部 気付
真堂　樹先生

春燕さん、事件です！
女役人の皇都怪異帖

集英社
オレンジ文庫

2025年1月25日　第1刷発行

著　者　真堂　樹
発行者　今井孝昭
発行所　株式会社集英社
〒101-8050東京都千代田区一ツ橋2-5-10
電話　【編集部】03-3230-6352
【読者係】03-3230-6080
【販売部】03-3230-6393（書店専用）
印刷所　TOPPAN株式会社

造本には十分注意しておりますが、印刷・製本など製造上の不備がありましたら、お手数ですが小社「読者係」までご連絡ください。古書店、フリマアプリ、オークションサイト等で入手されたものは対応いたしかねますのでご了承ください。なお、本書の一部あるいは全部を無断で複写・複製することは、法律で認められた場合を除き、著作権の侵害となります。また、業者など、読者本人以外による本書のデジタル化は、いかなる場合でも一切認められませんのでご注意ください。

©TATSUKI SHINDO 2025　Printed in Japan
ISBN 978-4-08-680596-4 C0193

集英社オレンジ文庫

真堂 樹

お坊さんとお茶を
孤月寺茶寮はじめての客

リストラされ帰る家もない三久は、貧乏寺の前で行き倒れた。美坊主の空円と謎の派手男・覚悟に介抱され、暫く寺で見習いとして働くことになり…？

お坊さんとお茶を
孤月寺茶寮ふたりの世界

「寺カフェ」を流行らせたいと画策する三久だが、お客様は一向に現れない。だが、亡くなった妻の墓参りに来たという挙動不審な男性がやってきて…？

お坊さんとお茶を
孤月寺茶寮三人寄れば

寺での生活にもようやく慣れてきた頃、三久は姉から、実家の和菓子店を継ぐよう言われてしまう。さらに同じ頃、覚悟にも海外修行の話が持ち上がり!?

好評発売中

【電子書籍版も配信中　詳しくはこちら→http://ebooks.shueisha.co.jp/orange/】

集英社オレンジ文庫

真堂 樹

ラストオーダー

〜そのバーには、なくした想い出が訪れる〜

無口な店主の波佐間と陽気な
アルバイト店員の由比が営むバー『間《ハザマ》』には、
週に一度“特別な客”が訪れる。
死者と生者の想いが交錯する中、
波佐間もある想いを胸に秘めていて…。

好評発売中

【電子書籍版も配信中　詳しくはこちら→http://ebooks.shueisha.co.jp/orange/】

集英社文庫

真堂 樹

帝都妖怪ロマンチカ
～猫又にマタタビ～

猫又の弐矢は、愛した女に瓜二つの美貌の青年・嘉寿哉とめぐり逢い……。モダン帝都の薄闇に、あやかしたちが跋扈する。「四龍島」シリーズ著者が描く耽美なアングラ妖怪絵巻。

帝都妖怪ロマンチカ
～ 狐火の火遊び ～

昭和初期。怪異現象を研究する美貌の変態心理学者・嘉寿哉のもとに、女子寮に狐火が現れるという相談が。乙女の園に巣食う妖しき企みと禁断の恋の行方は。ノワール妖怪譚。

帝都妖怪ロマンチカ
～犬神が甘噛み～

因縁深い謎の美少年・紫夜と彼を取り巻く妖狐たちのたくらみを阻止すべく、潜入した秘密の舞踏会で弐矢と嘉寿哉を待つものとは。欲望渦巻く帝都に跋扈する妖怪たちの物語。

好評発売中

【電子書籍版も配信中　詳しくはこちら→http://ebooks.shueisha.co.jp/bunko/】

集英社オレンジ文庫

櫻井千姫
君の瞳に私が映らなくても
ダイエットしてもメイクを頑張っても、一目惚れした
転校生は、私の地味な幼馴染のつぐみに恋していて…。

後白河安寿 原作・装画／村田真優
小説
ハニーレモンソーダ
自分を変えたい！ そう思って憧れの男の子と一緒の
進学先を選んだ羽花の眩しい青春がはじまる！

大友花恋
ハナコイノベル。
大友花恋が雑誌『Seventeen』で執筆した小説連載が
書籍化！　書き下ろし中編&撮り下ろしフォトも収録！

氷室冴子
氷室冴子セレクション
銀の海 金の大地 1
古代日本を舞台にした転生ファンタジーが奇跡の復刊！
14歳の少女・真秀《まほ》が時代の争乱に巻き込まれていく——。

1月の新刊・好評発売中

コバルト文庫　オレンジ文庫

「ノベル大賞」

募集中！

主催　（株）集英社／公益財団法人　一ツ橋文芸教育振興会

小説の書き手を目指す方を、募集します！

幅広く楽しめるエンターテインメント作品であれば、どんなジャンルでもＯＫ！

恋愛、青春、お仕事、ファンタジー、コメディ、ミステリ、ホラー、ＳＦ、etc……。

あなたが「面白い！」と思える作品をぶつけてください！

この賞で才能を開花させ、ベストセラー作家の仲間入りを目指してみませんか!?

大賞入選作

賞金300万円

準大賞入選作

賞金100万円

佳作入選作

賞金50万円

【応募原稿枚数】

1枚あたり40文字×32行で、80〜130枚まで

【しめきり】

毎年1月10日

【応募資格】

性別・年齢・プロアマ問わず

【入選発表】


オレンジ文庫公式サイトなど。入選後は文庫刊行確約！

（その際には、集英社の規定に基づき、印税をお支払いいたします）

※応募に関する詳しい要項および応募は
公式サイト（orangebunko.shueisha.co.jp）をご覧ください。

2025年1月10日締め切り分よりweb応募のみとなります。